沢里裕二

アケマン
警視庁LSP 明田真子

実業之日本社

実業之日本社文庫

目次

主な登場人物

明田《あけた》真子《まこ》　警視庁警備部警護九課一係長
戸田《とだ》詠美《えいみ》　警視庁警備部警護九課一係
安西《あんざい》貴美子《きみこ》　警視庁警備部警護九課長
秋元《あきもと》雄介《ゆうすけ》　警視庁警務部人事一課
松坂《まつざか》慎吾《しんご》　警視庁組織犯罪対策部六課特攻班長
桜川《さくらがわ》響子《きょうこ》　東京都知事
御子柴《みこしば》俊彦《としひこ》　民自党幹事長
三浦《みうら》樹里《じゅり》　日本語学校マラカニヤン学院長
王東建《ワントンケン》　華僑マフィア

第一章　警護九課一係《くのいち》

1

警視庁警備部警護九課一係の明田真子《あけたまこ》は、巨大マンション街の中央広場の片隅に駐《と》めた警備車両の中で、双眼鏡を覗《のぞ》いていた。

真正面に聳《そび》え建つ十番館の最上階から下の階に向け、ゆっくりと双眼鏡のレンズを下ろしていく。いまのところ、不審者はいないようだ。

真子は安堵《あんど》しながらも、警戒心をさらに高めた。

ここ『晴海《はるみ》スターズ』は、十棟からなる巨大マンション街で、本来ならば、すでに多くの人々が住んでいるはずだった。このマンション街の完成に合わせて、区は新たな小学校の創立まで準備しているのだ。

だが、いまだにこの立派な建造物には、入居者がいない。

人気の海沿いのオーシャンビュー棟も、比較的駅に近い中央広場を囲むパークサイド棟も二年前から、販売が凍結されたままなのだ。

曇り空の下に漠然と佇《たたず》む十棟が、まるで出番を失い茫然《ぼうぜん》としている戦隊ロボットのように見えた。

「なにもこんな場所で、演説しなくとも」

真子は双眼鏡を握ったまま、毒づいた。

「いや、いかにも都知事らしいですよ。今後は、このマンション群の利用法を争点にする気ですよ」

真子の隣で、八番館に向けて双眼鏡を構える乃坂守《のざかまもる》が言った。警護三課遊撃班からサポートに来ている男性SPだ。

他に桐島健太《きりしまけんた》、庵野幸彦《あんのゆきひこ》がいる。いずれも二十八歳。SPになる以前は機動隊員だった連中だ。

そんな虚《うつ》ろな街区の中央広場に、無理やりカンフル剤を打つように、甲高い女の声が響いた。

「みなさーん。おはようございます。桜川《さくらがわ》です。都政の報告に上がりました」

緑の旗に包まれた街宣車が入場してくる。ルーフ・ステージ、濃いめのメイクを施した都知事、桜川響子《きょうこ》が、マイクを握っていた。

白のスーツにエメラルドグリーンのスカーフを巻いている。

その横に、端整な顔立ちの都議がひとり立っていた。宮内拓海《みやうちたくみ》。三十三歳だ。細身のスーツを着込んだ宮内は、政治家というよりもホストのような雰囲気を纏《まと》った男だ。この地区を地盤としている。

「出てくるの、全然、早過ぎじゃん」

真子の声に、警備車両内の空気が張りつめた。

すぐに、イヤホンから掠《かす》れた声が流れてきた。

「係長、すみません。まだ警備の確認の連絡がないので、止めたのですが、知事が強引に」

都知事番の戸田詠美《とだえいみ》だ。元白バイ隊の二十六歳。

「政治家ってそんなものよ。すべて自分の都合が優先なの。警護対象《マルタイ》の予定外の行動に対応するのもSPの任務のうちよ。きっちり張り付いて」

ここで毒づいたところで始まらない。桜川響子は、マスコミに露出する時間帯をキチンを計算しているのだ。

真子は腕時計を見た。

午前十時ジャスト。

いまなら、午後のニュース番組に十分間に合うわけだ。夕方のゾーンでも繰り返しオンエアされることを考慮すれば、余り遅れて出たくはないということだろう。

「了解！」

詠美が答え、擦過音《さっか》と共にイヤモニが切れた。

桜川響子は都知事にして都議会与党『東京一番党』の党首だ。二か月後に迫る都議選を意識して、都政報告と称した街宣活動に打って出てきたのだ。

エスコート役として横に立っている宮内拓海は、四年前の『東京一番党』の結党時に公募で選ばれて当選した都議で当然、再選をめざしている。

東京一番党は都議会で過半数を占める与党だ。

国政における政権与党民自党の支持率低下を受けて、マスコミはこの桜川響子と東京一番党の動きに注目している。国政再進出が噂《うわさ》されているからだ。

古稀《こき》を目前にした桜川だが、その美貌は衰えを知らない。世間の耳目を集めるほどに、妖艶に輝く典型的な女豹《めひょう》政治家だ。

警護官の責任者として側近のひとりとなっているぶん、この女の行動原理はあらかたわかる。

機を見るに敏で、勝負勘、度胸も一流である。

「この際、経済は後回しにします！　まずは命が一番。東京一番党は、そう訴えつづけ、国を動かしてきました」

開口一番、そういうと拳を突き上げ、気勢を上げた。

レスポンスの拍手が上がる。

響子親衛隊と呼ばれる三十名ほどが、間隔を開けて並び、声を上げずに拍手で答えている。気味が悪いほどの整然とした動きだ。中年から壮年の男性が多い。アイドルオタクをさらに高齢化させたような人々だ。

「でたわ、現政権に対する煽《あお》り」

真子は、誰にともなく言った。

経済と感染拡大阻止の両立を目指して大失敗した現政権は、支持率の急落に喘《あえ》いでいる。

「民自党の御子柴《みこしば》幹事長が相当慌てていますからね。知事としては、総選挙を見据えて、煽りまくるんでしょう」

真横に立つ乃坂守が答えた。

「ここが攻め時だと、見ているわ」

不思議と、四年に一度チャンスを摑《つか》む女だ。都知事就任一年後の都議選では、いきなり東京一番党を結党し、それまでの都議会最大会派民自党を蹴散らしている。

勢い、国政にまで手を伸ばしかけたが、いくつか手順を間違えたために、これは挫折した。

——欲をかきすぎた。

当時から警護についている真子は、そう感じていた。本人も気づいているはずだ。同じ轍《てつ》を二度踏む女ではない。今回は、より繊細に戦略を練っているだろう。

桜川響子は仮想敵を作るのが実にうまい政治家だ。

コロナ感染拡大の第一波では、パチンコ店を槍玉《やりだま》にあげ、第二波では夜の街を標的に変え、徹底的に攻め立てた。

そこには女性都知事としてのクリーンなイメージを際立たせるしたたかな計算があったに違いない。そして第三波の襲来以降は、後手後手に回る政府を煽りまくっている。

『経済よりも人命を。コロナ収束第一主義の桜川響子』

ここに来て、提案をその一点に集中させているわけだ。

——ある意味、理想論だ。

政府の混迷ぶりを突いて、あえてアンチテーゼを掲げているだけにも見える。

経済と命。

それは命が大事といった方が、政治家としては、筋が通しやすい。だが、現実はその正論を掲げるだけでは、国は立ち行かなくなる。

コロナ感染による死、営業不振による経済的な死。どちらの救済を優先するか。だから政治は難しい。

双眼鏡の中、都知事の背後に、部下の詠美がぴったり張りついていた。

ブラックスーツにサングラス。右耳に大き目のイヤホンをつけ、胸襟にはピンマイクを挿していた。

誰の目にもSPとわかる恰好《かっこう》だ。

威嚇こそSPの最大任務で、殺気で暴漢を跳ね返せたならば、それこそ最高の名誉である。

詠美の背後にもふたりの男性SPがいる。この男たちも警護三課からの遊軍だ。同じようなブラックスーツを着込み常に胸に手を突っ込んでいた。その手の先には、警視庁正式拳銃サクラM３６０が握られているはずだ。

彼らは、三秒以内に発砲する訓練を日々行っている。

知事の身柄はこの三人に任せていた。

真子たちもミニバンを飛び降りた。知事本人が登場してしまった以上、自分たちも広場に展開し、もしもいるのなら敵を威嚇した方がよい。

上方を見張らねばならない。

2

「経済が停滞し消費マインドが落ちていると言われます。でも、それより、医療崩壊を防ぐことが先決なんです。なぜって？　単純な話です。このまま感染者が増えたら、普通の医療が提供できなくなるからです。そうなると生かせる命も、生かせなくなっちゃうんですよ。死んだ人は、生き返らせることは出来ません。経済は一回死んでも蘇《よみがえ》らせることが出来るんじゃないですか！」

桜川響子が拳を突きあげた。

そこにBGMのように拍手が重なる。

ネットでオンライン配信されているが、桜川響子は、それ以上に、ここに集まっている報道各社による伝搬力に期待しているはずだ。午後のワイドショーも夕方以降のニュース番組も、確実にこの様子をオンエアーすることだろう。

経済活動は、いったん止めても、カンフルを打てばすぐに蘇生することは、すでに立証されている。

昨年、夏から秋にかけての一連のゴー・トゥ・キャンペーンはそのよい例だ。割引きに誘われて、訪日客《インバウンド》がいなくなった観光地や飲食店に、溢《あふ》れるほどに日本人が押し寄せたのだ。

「医療機関が正常に戻り、収束が見えたら、すぐに、またキャンペーンを実施したらいいんです！　それまで、みんなでステイ・ホーム！　私たちは、在宅ワークをする人々への優遇措置を提案しています」

さらなる持論を展開をしている。もはや知事ではなく、大統領のような勢いだ。

だが、桜川のこの方針や施策を気に入らない連中も多い。

先週、同期である組織犯罪対策部《マルボウ》の松坂慎吾《まつざかしんご》から、一報が入った。松坂は非公開部門である組対六課の特攻班の班長だ。

「アケマン、歌舞伎町《かぶきちょう》の半グレたちが、都知事の襲撃を計画している。新宿《しんじゅく》東署の刑事が、半グレ集団『ノアル』の運営する闇カジノに潜入している最中に、聞きつけてきた情報だ。確度は高い」

アケマンとは真子の愛称だ。

裁判官の父が、真実の子供ということで真子と名付けた。明田真子を縮めてアケマン。あっけぴろげな性格によるところもあるが、発音を間違えるとちょっと卑猥《ひわい》だ。

ノアルは、歌舞伎町一帯に勢力を誇る半グレ集団だが、その実、指定暴力団『威《い》勢会《せいかい》黒都《くろと》組』の下部組織である。

より正確に言えば、黒都組の武闘部門だ。

近年、黒都組は組本部の機能を人事と管理のみに集中させ、シノギは各フロント企業が個々に運営するという、分業体制を取っている。

そしてそれらのフロント企業がスムーズにシノギを行えるための暴力装置になっているのが、半グレ集団のノアルだ。

半グレ集団が、暴対法、暴排条例の対象外になっていることを巧みに利用しているわけだ。

黒都組は、これまでも配下の半グレ集団が準暴力団に指定されると、すぐに解散させ、新たな半グレを組織するということを繰り返していた。

マルボウとしてはモグラ叩《たた》きをしているようなものだ。

「桜川は、夜の街を仮想敵にしすぎた。黒都組のフロント企業におしぼりや観葉植物のレンタル料と称してミカジメを払っていたホストクラブや風俗店が、ここにきて、続々と廃業に追い込まれてしまった。あれじゃ、黒都組もデモンストレーションをしないわけにいかなくなる。ノアルの出番だろう」

それが組対四課のベテラン刑事、遠藤健介《えんどうけんすけ》の見解だった。都知事に対して、歌舞伎町の闇社会が牙をむき始めたということだ。

「ここで一発、暴れて見せないと黒都組の沽券《こけん》にかかわるということね」

「ヤクザは、やると言ったら必ずやる。ただ、テロリストと違い、本気で殺害したりするような真似《まね》はしない。あくまでもポーズだ。街宣車の近くに、銃弾を二発ほど撃ち込むか、あるいは、潰されるのを覚悟で、数人のガキがナイフや金属バットを振りまわして突っ込んでくるかどっちかだ」

遠藤が教えてくれた。

真子は、それを聞いて、桜川響子の警護レベルを一気に総理レベルにまで引き上げた。女性ＳＰである戸田詠美は、いわゆる弾除け要員で、いつでも都知事の前に飛び出す覚悟だ。

マスコミのカメラが並ぶ街頭演説日は、威嚇襲撃の恰好の舞台となる。

真子は街宣車の真裏にある七番館を見やった。二十四階建てだ。もはや、各窓を点で追っている余裕はないので、建物全体を眺めるように心掛けた。

全神経を集中させ、気配を嗅ぎ取るのだ。冬の低い日差しが、あちこちの窓に乱反射している。真子は手庇《てびさし》をした。

七番館十階の中央の窓で、影が動いたような気がした。

すぐに双眼鏡を当てた。焦点を合わせる。人影は見えないが、わずかに窓の隅が開いている。手前のベランダには何も見えなかったが、窓が開いているのが気になる。

「七番館、十階の中央の部屋に誰か行かせて！」

胸のピンマイクに向かって小さく叫んだ。

「俺が行きます」

真子から約十メートル離れた位置に立っていたＧＩカットの乃坂が、巨軀《きょく》に似合わぬ俊敏さで、七番館のエントランスに飛び込んでいった。

ＳＰは全員、すべての館のオートロックと各戸の部屋の扉が開くマスターキーを所持していた。

真子は気配を感じた十階の窓をもう一度、見やった。

数センチ開いた窓から、銃口のようなものがぬっと突き出て来た。ライフルを想起させた。

真子はピンマイクに叫んだ。

「街宣車真裏、上方二十メートルに銃口。詠美、都知事を移動させて。他のふたりは応戦」

「了解！」

詠美が桜川響子の両肩に手をかけた。

男性ＳＰ二名が胸に手を入れたまま、振り返った。頭上の銃口が下を向く。

真子もジャケットの裾を捲《めく》り、革帯のバックホルダーに入った拳銃に手をかけた。

その刹那だ。

広場へ繋《つな》がる四方の道路から、デリバリーフーズの自転車が列をなして侵入してきた。大型のバックパックを背負った男たちは、いずれも黒のフェイスマスクをしている。

迂闊《うかつ》だった。

車やバイクなどと異なり、自転車は音もなく忍び寄ってきていたのだ。しかもデリバリーフーズの恰好で、各所から集まってきたら、地域課や交通課も気づかない。それだけデリバリーフーズの自転車配達員が日常的な光景になっている。

「あの自転車の集団、ノアルかもよ。地域課にも対応してもらって」

真子が叫ぶと、遠巻きに待機していた制服警官十名ほどが、駆け寄ってきた。

政治家、とくに与党政治家の街宣活動では、ソフト警備が基本だ。物々しい警護体制を敷くと、圧力のイメージが醸し出されるからだ。ブラックスーツとはいえ、私服のSPが散らばっているのと、拳銃、警棒を下げた制服警官が、街宣車を囲んでいるのとでは、見た目がまったく違う。

制服警官たちが、かなり離れた位置にまばらに立っていた。

自転車隊が、その緩い警護体制を、嘲笑うかのように、フルスピードで押し寄せてきた。総勢約五十台。こいつは大群だ。

自転車隊は、街宣車ではなく、それを見上げている東京一番党の支持者たちの集団に向かって突っ込んできている。

報道陣も、何事かとそちらにカメラを向けた。

自転車隊の連中は、すでに、バックパックから何かを取り出そうとしていた。

「大衆狙い?」

真子は、唇を噛《か》み地面を蹴った。胸ポケットから警笛を取り出し吹いた。長音と短音を組み合わせて、全員に信号を送る。

緊急事態信号だ。

3

「ぎゃっ」

すぐに目の前で、悲鳴が上がった。

デリバリーフーズの配達員に化けた連中の十人ぐらいが、自転車を飛び降り、バックパックから鉄パイプを取り出すと、聴衆に襲いかかっているのだ。

残りの自転車は、街宣車の周囲を囲むように旋回している。街宣車は、自転車をひき殺すわけにもいかず、立ち往生していた。

六十歳代を中心に動員された東京一番党の支持者たちは、蜘蛛《くも》の子を散らすように逃げ惑っていた。だが襲撃者たちは容赦なく襲いかかっている。

縺《もつ》れる足で逃げ惑う老人たちの後頭部や肩に鉄パイプを叩きつけ、転倒したところを蹴りまくる。悲鳴が嗚咽《おえつ》に変わり、血の臭いがあたりに充満し始めた。

「カメラを壊すな！」

その様子を撮影しようとしていたテレビクルーや新聞記者たちにも、フェイスマスクの襲撃者たちは鉄パイプで殴りかかっている。高額なベータカムを叩き落とし、編み上げブーツの踵《かかと》で、レンズを踏んでいた。

女性記者などは、すでに衣服をはぎ取られ始めている。

あちこちで悲鳴があがり、血飛沫《ちしぶき》が舞っている。

襲撃者たちの動きは実に冷静だ。この戦闘に慣れた動きは、間違いなく半グレ集団だ。

「あなたたちは、誰なの。私に不満があるなら私を襲いなさい。その人たちは一般の人ですよ。卑怯《ひきょう》よ」

街宣車のステージで身を屈めていた桜川響子がマイクを握り絶叫した。

顔は青ざめているが、双眸《そうぼう》には強い光が籠っていた。

その桜川の顔に向かって、石礫《いしつぶて》が投げつけられる。襲撃隊の数人がウエストポーチから、石を取り出しては投擲《とうてき》しているのだ。

咄嗟《とっさ》に詠美が桜川の前に飛び出し、仁王立ちで受け止めている。詠美のベストに当たった石は、次々にはじき返されている。

背後の男性SPふたりは、すでに拳銃を抜き出していたが、発砲を躊躇《ためら》っていた。無理もない。襲撃者は、鉄パイプと石というプリミティブな武器であり、しかも周囲には一般人が逃げ惑っている。これではマトの絞りようがない。銃撃はリスクがあり過ぎた。

こっちも棍棒《こんぼう》で行くしかない。

真子は、革帯から特殊警棒を抜き出し、一振りした。尖端《せんたん》がぐんと伸びる。

ミニバンに乗っていた残りの部下三人も、一斉に襲撃者に向かっていた。

真子は、投擲していた一人の前に躍り出て、前頭部に、警棒を打ち下ろした。

「くわっ」

フェイスマスクから唯一覗く眼が見開かれた。続いて、腹部を警棒の先で突く。

フェイスマスクの口のあたりが膨らんだ。嘔吐《おうと》したようだ。烏賊《いか》臭い匂いがした。

止《とど》めを刺すため、地を蹴った。右足を畳み、膝頭を相手の胸部に叩き込む。

「ぐふっ」

男は、眼を閉じ胸に手を当てたまま、背中から倒れた。絶入《ぜつじゅ》したようだ。

真子は即座に手錠を打った。

「こいつを頼むわ」

駆けつけてきた制服警官に後処理を任せ、真子は街宣車へと駆け寄った。また警笛を鳴らした。

部下三人を、街宣車の前方に向かわせ、行く手を開くのだ。

真子も走った。

街宣車の周りを、各車間隔を詰め旋回する自転車隊に破れ目を作らねばならない。

ヘッドライトの前を通過しようとしていた一台の車輪に、特殊警棒を投げ込んだ。

「ひぇ」

スポークの間に特殊警棒が嵌《はま》り込み、自転車が横転した。後続車が一台追突する。

マンションの上階で、大きな音がした。乾いた音だ。

十階の窓から伸びた銃身が、オレンジ色の炎を噴いた。銃口の方向は街宣車ではなく警備車両のミニバンだった。いまは誰も乗っていない。

「知事っ」

詠美の声がし、そのままルーフステージに伏せる音がした。

「発砲よ。相手が先に発砲したわ」

真子は叫び、自分も拳銃を抜いた。自衛隊の専守防衛ではないが、相手が発砲することで、応戦の口実が立つ。

車上の男性SPのひとりが、すぐさま十階の窓に向けて応酬射撃をした。窓の下方を狙った威嚇射撃だ。

何よりも知事の生命が優先される。発砲射殺もこの場合やむを得ない。

人影が見えた。太陽が乱反射し、人物の顔まで特定できない。さらに、銃口が下方に向いていた。

あの位置からでは、街宣車のルーフステージは丸見えだ。

詠美が知事に覆いかぶさっているだろうが、背中以外は無防備だ。

ヤバイ。

そう思った瞬間、十階の窓そのものが木っ端《こっぱ》微塵《みじん》に割れた。

なにごとか?

愕然《がくぜん》となり空を見上げた。

十階から黒い物体が落下してきている。よく見るとライフルを抱えた人間だ。背中を向けて降ってきている。

「乃坂、それやりすぎ! っていうか、知事の真上に……」

そこまで言ったとき、落下する男が、下方に顔を向けた。

「乃坂!」

落下しているのは、乃坂本人なのだ。その顔は歯を食いしばっているように見える。車にどくように、片手を振っていた。眼が大きく見開かれている。

街宣車の運転手が、アクセルを踏んだ。数台の自転車を撥《は》ね、二メートルぐらい前進したところで、ルーフの後方角に乃坂の肩が当たり、さらに弾《はじ》け飛んだ。

乃坂の身体《からだ》は、宙を一回転し、そのまま地面に叩きつけられた。ライフルは別な方向へと飛んでいった。

「乃坂！」

すぐに男性SPのひとりが、街宣車から飛び降り、乃坂に声をかけた。だが乃坂は、まったく反応していない。

真子も駆け寄った。思わず唇を嚙んだ。乃坂の頭部はざっくりと割れ、鮮血と共に脳漿《のうしょう》が流れ始めている。

「救急車を呼びました！」

背後で制服警官の声がした。無理かもしれない。そう胸底で呟《つぶや》きながらも頷《うなず》いた。

ライフルの飛んだ方向に目を向けた。

襲撃者のひとりが拾い上げようとしている。真子はためらわずにトリガーを弾いた。乾いた音がして、ライフルの落ちた真横のコンクリートが飛び散った。襲撃者は慌てて手を引き、自転車の方へと逃げていった。

真子はライフルを拾い上げた。

軽い。本物のライフルではなく、モデルガンだ。

真子が空に向けて引き金を弾くと、空砲と同時にオレンジ色の炎が噴き出した。銃弾はなく、装塡されている小型ガスボンベを通じて、十センチほどの延長炎が出るだけのことだった。ライフルに模した着火用ライターといった方がいい。同時に空砲が鳴るのがミソだ。

「ちっ」

ライフルをその場に叩きつけたかったが、貴重な証拠品である。駆け寄ってきた警官に渡した。

旋回していた自転車隊が一斉に引き上げていく。暴れていた男たちも、これに続いた。各々《おのおの》の自転車を拾い、一目散に漕《こ》いでいった。

「何人、確保出来ているの！」

真子はいら立ちの声をあげた。

「手錠を打てたのは、四人だけです」

警官のひとりが答えた。晴海南署の地域係だ。一割も捕まえきれていない。

「緊急配備《キンパイ》は？」

「たったいま、晴海スターズの半径十キロにキンパイの指令が」

警官が声を震わせている。

「これは、警視庁の大失態だろっ」

カメラを必死に庇《かば》い、顔や腕のあちこちから血を滲《にじ》ませていたテレビクルーのひとりが、惨状にレンズを向けながら言っていた。

ここは、下手《へた》に撮影を制止しない方がいい。さらに失態が大きくなるだけだ。

桜川響子はすでに、ルーフステージを降り、防弾ガラス付きの公用車に移動していた。担当の詠美がぴったり寄り添っている。

真子は、七番館のエントランスに飛び込んだ。尻ポケットにマスターキーをいれているので、ぶ厚いアクリルの扉はすぐに開いた。

どこかに敵が潜んでいる可能性があるので、エレベーターは使わず、内階段を駆け上がる。

一階ごとに、内廊下を覗いた。九階まで人の気配はしなかった。十階まで上がる。息が少し上がった。

内廊下に出ると、一〇〇七号室の扉が外側に、わずかに開いているのが見えた。忍び足で進んだ。

扉の前で耳を澄ます。人気は感じなかった。扉を開け一気に室内に進んだ。３ＬＤＫのようだ。

廊下からリビングに向けて一直線に抜けると、ベランダの前の全面ガラス戸が大きく開け放たれていた。

真子は、慎重にベランダを覗いた。誰もいないが、床に微《かす》かに足跡が見える。強く踏んだのだろう、ゴムの波形が残っていた。

乃坂は革靴だ。足跡が違う。

そう思って屈み込もうとした瞬間だった。

いきなり、両足を抱え込まれた。それぞれ別の人間の手だ。ふわりと身体が浮く。組体操か、チアガールのような格好だ。

「なにするのよ！」

抱え上げているのはフェイスマスクにダイバースーツの二人組だった。

黒のスーツパンツの太腿《ふともも》の付け根をがっしりと抑え込まれている。股間に太い腕が当たっていた。女の平べったい部分が圧迫されて妙な気分だ。

すぐにイヤホンとピンマイクは毟《むし》り取られた。

眼下に広場が見えた。けたたましいサイレンの音がする。ちょうど救急車が広場に入ってきたところだった。

「救急隊員の頭上でも狙うか？」

ひとりが言った。野太い声だ。

「救急車のルーフの方が弾んで、見た目にいいんじゃね」

もうひとりが言う。こちらは甲高い声だ。

放り投げる気らしい。乃坂もこうしてふたりがかりで、やられたのだ。

「上等ね」

真子は両手を一度、天に向けて伸ばした。そのまま腕を曲げて、全速力で肘を落とす。左右の男の頭頂部に肘がめり込む感触があった。

「うえっ」

「くわっ」

両太腿を締め付けていた腕が緩んだ。真子はすぐに着地した。だが、バックホルダーから拳銃を抜く暇はなかった。

「舐めた真似しやがって」

野太い声の男は頭を振りながら、即座に襲い掛かってきた。腰にしがみつかれる。ベアハグだ。

「ううううう」

真子は唸《うな》らされた。猛烈な力だった。

甲高い声の男は、肘撃ちで脳震盪《のうしんとう》を起こしたようで、ベランダの床にうつ伏していた。

「てめぇ、ＳＰだからって粋がってんじゃねぇぞ」

フェイスマスクから見えるのは眼だけだ。その目を吊《つ》り上げて、ぎりぎりと腰を圧迫してくる。この男、格闘家であることは間違いない。腰骨が折られそうだ。

「じきに機動隊が踏み込んでくるわよ。罪を増やさない方がマシだと思うけど」

そう言うのが精一杯だ。

「ざけんな」

男が、ベアハグをしたまま、腰の帯革に手をかけてきた。拳銃を抜かれたら、アウトだ。

真子は、フェイスマスクの唯一開いた部分に左右の人差し指を突っ込んだ。両眼同時だ。人差し指が生ぬるい瞳を捉えるのが分かった。

「ぎぇえっ」

男が喚いた。腕を解き、血を流している両眼を押さえている。男は二度と世間を見ることは出来ないだろう。使いたくなかった手だ。

拳銃を抜き、もうひとりの男の膝を蹴った。

「起きなよ」

甲高い声の男も、眼を開けた。まだぼんやりした視線だ。数秒かけて事態を把握したようだ。傍らに両膝を突き、両眼を押さえて嗚咽している男を眺め、呟いた。

「ゲームセットのようだな」

「そういうこと。ノアルの中でも武闘派のようね。事情はマルボウと一緒にじっくり聞かせてもらうわ。自分でマスクを取って」

拳銃を突きつけたまま、顎をしゃくった。男は、顎の下に手をやり、マスクを捲った。目鼻立ちがくっきりした三十歳ぐらいの男だった。

「両手をあげて、ゆっくり立ち上がって」

「腹を括《くく》っているんだ。あんたに手出しなんかしねぇよ」

男は立ち上がり、仲間を憐《あわ》れむように眺めた。

真子は、ベランダから顔を出し、警笛を吹いた。広場に残っているSP三人が見上げてくる。

「確保。乃坂をやった実行犯を確保」

男に拳銃は向けたままだったが、視線を外したのがよくなかった。立ち上がった男が勝手に動いた。

ダイバースーツのポケットからナイフを取り出している。刃渡り十五センチほどのジャックナイフが、日差しに揺曳《ようえい》していた。

「撃つわよ」

真子は銃口をやや下げ、男の太腿を狙って、トリガーを弾いた。サクラM360

が乾いた音を上げた。

「うっ。だから腹を括っているって言っただろう」

男が身体を揺らしながら、仲間の前に倒れ込んだ。ナイフがぶすりと仲間の腹を抉《えぐ》る。

「なんてことを！」

真子は引き剝がそうとした。

「兄弟。眼が見えないんじゃ、もう仕事は出来ねぇよ」

「げふっ」

真子にベアハグした男は、フェイスマスクをしたまま頷いた。

「顔を捲られたら、俺もアウトだし」

今度は刺した方の男が、自分の腹をナイフで割いた。

「うぅうう。なっ、腹を括っただろ」

ふたりは重なり合ったまま、床に頽《くずお》れた。

こいつら、本当に半グレなのか？

SPのひとりが警官を数人引き連れて現れたのは、ふたりの息の音が止まって、
五分後ぐらいだった。

4

警視庁警備部の警護九課長、安西貴美子《あんざいきみこ》は、額に手を当てたまま固定電話の受話器を下ろした。

やはり、アケマンの言う通り、各マンションの最上階に特殊奇襲部隊《SAT》を配備しておくべきだったのか。

いやいや、単に半グレが襲撃を計画しているという噂だけでSATを出動させることなど出来ない。

それでもしつこく食い下がるアケマンのために、通常一名体制の都知事の警護に、先週から総理並みの七名を貼り付かせていたのだ。

予算的にもそれが限界だった。

しかし、いまとなってはSATを配備しなかったことに後悔の念が募る。

警護対象者を守り切ったとはいえ、部下一名が殉職、マスコミの前で警備のもろさを露呈するという、大恥をかかされることになった。

痛恨の極みである。

警備部内の視線が気になった。先ほどから待機中の男性SPたちが、あからさまに貴美子の席を覗き込んでいる。

同情を示すような視線で、心の中では失笑しているようだ。九課など廃止になればいいと思っている連中だ。

貴美子は警備部を出て、エレベーターに向かった。

廊下で女性職員とすれ違う。SP同様、よそよそしい笑顔で、一礼し足早に去って行く。貴美子は、大きなため息をついた。

春の人事異動が終了したばかりなのに、早くも貴美子の異動の噂が出始めたのだろう。

晴海スターズでの警護九課の失態の話題は、すでに庁内を駆け巡っている。

組織社会にいる者にとって、最大の関心事は人事だ。

同期が左遷されると、どこか嬉《うれ》しく、逆に先に昇進されると、一週間は嫉妬にさいなまれる。実力だけで、人事に勝利することは不可能だからだ。

官僚になった者の多くは、小学受験から国家試験I種（現・総合職）まで、すべて試験に合格して、今日の立場を手に入れている。

試験という競争に勝った者たちなのだ。本来の才能、環境もさることながら、結果はやはり努力の賜物《たまもの》でもある。

だが、役所に入ってからは、才能や努力だけで好きなポジションを求めることは出来ない。

運、人脈、タイミング。

実力だけではどうしようもない、試験とはまったく異質な競争を強いられるのだ。

一歩前に出る最大のチャンスは、ライバルのエラー。これは言うまでもない。霞《かすみ》が関《せき》全般にわたって言えることだが、桜田門《さくらだもん》とて例外ではない。

そのうえ、官僚の世界では、手柄を上げるために一歩前に出ることはリスキーとされる。外資系企業ではないのだ。

手堅く、ミスせずに誰かが崩れるのを待つ。それでこそが、官僚だ。

あの女以外は——。

エレベーターで一階に降りながら、貴美子は眉間を摘《つ》まんだ。

六期下のキャリアである明田真子は、三十四歳の警視正である。だが、あの女ほど人事に無頓着な官僚はいない。

平気で一歩前に出るのだ。

横一線を尊ぶ役所にあって、一歩前に出るとは、前例を否定するということだ。

前例主義。

マスコミや一般人が思うほど、前例主義は悪のシステムではない。徳川《とくがわ》幕府以来、この国のよき伝統であると貴美子は考える。

先人たちが、何代にも亘《わた》り練り上げた仕組みは、それなりに成熟し、抜け目のない制度となっていることが多い。

当然、それを変更するには、幾重にも議論を重ねるべきである。議論と検証に数年の歳月がかかるのはやむを得ない。そうして出来た新例だからこそ、後輩たちも重んじることになる。

役所はそうやって回っていく。

前例を否定することは、先輩たち、つまり現在の上司たちを否定することにもつながる。リスクがあり過ぎる。

明田真子は、そのリスクを平気でおかしてしまうのだ。

『警護には後も先もありません。あるのはその瞬間をどうするかだけですよ』

それが口癖の女だ。

この警護九課一係の創設を、誰にも相談せずに、勝手に官邸にプレゼンしたのが、アケマンだった。

八年前のことだ。

前内閣で『女性活躍推進法』が議論され始めた頃、各省の二十代の女性官僚が、ヒアリングのために官邸に集められることになった。

警視庁を代表してアケマンが出席した。当時は組対二課の平刑事だったはずだ。

当たり障りのない台本を警務部が用意した。

たとえば女性警官の採用規模を現在の倍にしようとかそんなことだ。

ところがアケマンは、この台本を全く無視し、総理首席秘書官や、官房副長官の前で、女性閣僚や重要外国人女性の専門警護部門を創設するべきと力説したのだ。

レディース・セキュリティ・ポリス。略して『LSP』だという。

だが、現実には、女性SPはすでに数多く警護課に所属している。いまさら分ける必要性はどこにもないと思われた。タイトルとカバーだけで人目を引く、B級小説のようなものである。

しかし、前総理にこの提案は大いに受けた。

映画みたいでかっこいい。と言ったらしい。

これによって警視庁は、官邸に忖度《そんたく》し、新たな部門を設置せねばならなくなった。

総理に愛《め》でられた総監はともかく、警備部長が面白いわけがない。

警護九課一係は、ある意味、無理やりできた部門である。

そもそも警護課には、一課も二課もない。

あるのはそもそも存在した本流の『警護課』と新たに生まれた『警護九課一係』だけだ。

そして九課の課長に貴美子、九課一係の係長に明田真子というややこしいツートップ制が生まれた。総理に愛でられた真子に全権をもたせないために目付役に貴美子が、その上に据えられたのだ。「屋上屋《おくじょうおく》を重ねる」の典型である。だが、それが警備部としての姿勢であった。

元来存在していた警護課はＳＰの所属する部門である。四係に分けられていた。

一係　総理大臣

二係　国務大臣

三係　外国要人

四係　都知事と政党要人

と係分けされていた。

現在もその体制に変わりはない。警護九課一係は、女性ＳＰの集合体であるが、独自の担務《たんむ》や指揮系統を持たずに、各係の要請に基づいてＬＳＰを派遣する形態をとっている。

つまり、課長である貴美子の役割は、派遣のシフトを作ることだけだ。

女性大臣が登用されると二係に派遣し、海外から女性重要人物がやってくると三係に送り込む。

そんな仕事だ。

女性総理が誕生しない限り、一係のメインにつくことはないが、総理の外遊などの場合、夫人の警護を要請されることもある。

五年前の女性都知事誕生以来、四係の役目は九課からの派遣が中心となった。

そしていつの間にか、係長のアケマンと直接担当の戸田詠美が、都知事のお気に入りになってしまったのだ。

都知事は、常にアケマンを通してしかコンタクトを取りたがらない。

いつしか、本体の四係は、アケマンの指示を仰がねば、動きがとれない形となってしまったのだ。

上層部が面白いはずがない。

そんなときにこれだ。

エレベーターが一階に到着した。

貴美子は内堀通りを日比谷《ひびや》方面へと歩いた。この先の運命を予言するように、風当たりが強い。

貴美子はハーフアップに結わいた黒髪を両手で押さえながら、日比谷公園内に入った。緑が生い茂っていた。新型コロナウイルスの感染拡大と今日はことのほか風が冷たいこともあってか、ベンチにいる人はほとんどいない。園内をゆっくり歩き、日比谷花壇の背後にあるカフェに入った。

先客がひとりだけいた。

窓に面したカウンター席に座り、弁護士会館の方向を眺めている。細身で神経質そうな目をした男だ。目の前に置かれたカップが小ぶりだ。エスプレッソのようだ。

貴美子は、ウエイターに紅茶を頼み、男の並びに座った。

ソーシャルディスタンスは取らず真横に座る。

「だからアケマンを早めに異動させるべきだと伝えたじゃないか。年末にもこちらの案を提出したのに、あんたが蹴った」

男は、前を向いたまま言っている。

警務部人事一課の秋元雄介《あきもとゆうすけ》。

昨年、共に四十路《よそじ》を迎えた同期だ。秋元は、貴美子が警護九課に着任したときからそう言い続けている。元カレでもある。

「都知事が再選された以上、彼女を異動させるのは難しかったわ」

桜川響子は昨年七月に圧倒的な強さで再選され、二期目に突入していた。

コロナ対策において、もっともテレビ露出が多かったことが効果を上げたようだ。

その桜川響子が、アケマンを気に入っているのだ。直属の長としては忖度しないわけにいかない。

「一期目の終了の時期がベストだったのではないかね。人事は、タイミングが肝心だ。その期を逃すと、動かしにくくなる。捜査一課《ソウイチ》のノンキャリの刑事じゃないんだ」

秋元が、エスプレッソを呷《あお》るように飲んだ。

キャリアは警視庁の部長や警察庁の局長に就くまでの間、様々な部門を渡り歩く。同一部門に留《とど》まるのは、通常二年。長くて三年で動くものだ。

キャリアの役割は捜査や警備といった現場仕事ではない。

後々しかるべきポストに就き、警察組織の在り方そのものを企画し実践するのが任務だ。そのために駆け足で、あらゆるポストを経験させられているにすぎないのだ。

かくいう貴美子も、町田北署地域課を皮切りに、いくつもの部署を渡りながら、二年前に警護九課に着任している。直前にいたのは広報課だ。

確かにアケマンのSP在職は長すぎた。これでは叩き上げのノンキャリと同じだ。

「もはや、アケマンをどうするとかという次元ではなくなったわね。私の処遇は、どうなるの？」

貴美子は思い切って切り出した。ノンキャリの不始末と異なり、島嶼《とうしょ》部の交番へ駐在ということはないだろう。

あくまでも監督不行き届きだ。これは若くして重責を担うキャリアにはよくある不始末ではないか。

すっと秋元の手が、貴美子の太腿の上に伸びてきた。

「訓告どまりさ。それに給与カット十パーセント。せいぜい一か月分のことだ。警備部長は二十パーセントカットを三か月食らうんだから、軽いほうだと思えよ。ただし来年、警務部に行くのは難しくなったかもしれない」

貴美子の太腿の上に秋元の手が載せられた。

微妙なタッチで右太腿を撫《な》でてくるのだ。

他人がいる場所で会話をしながら、身体を触りたがるのは、秋元の性癖だ。合意の上での痴漢行為とでも言えばいいのだろうか。付き合っていた時分には、タクシーの中やホテルのバーのカウンターなどで、会話をしながら指を挿入された。いまも秋元としては、ウエイターが気づくことを望んでいるはずだ。

貴美子は、その手を払いのけた。

熱に浮かされていた頃は、頭の良すぎる者ほど変態性があるものだ、などと自分もさりげなく股を開いたものだが、こんな行為は、いまは嫌悪でしかない。

「五年は後れを取るのは覚悟の上だわ。いっそ郊外の所轄で、交通係でもしてみたい」

貴美子は、脚を組んだ。

本気でそう考えていた。二年ぐらい、警視庁《ホンテン》の複雑な派閥関係から脱出したい思いもある。

「安西の制服姿、いいよな。ノーパンで自転車を漕がせたい」

秋元の手がまた伸びてきた。

今度はスカートの中まで指が入ってくる。内腿を撫で始めた。黒のパンストの上から絶妙なタッチで撫でてくる。

いい加減にしてと叫んで、立ち上がろうとしたが、寸前で止めた。

秋元は、何らかの取引材料を持っている。そう、踏んだからだ。

「卒配《そつはい》で町田北署の地域課に就いたときに、ノーパンで交番に立ったことがあるわ。もちろん黒パンストは穿《は》いていたけど。あれは結構なスリルよ。特に自転車に乗る瞬間がね。同僚の男子の目が気になるの」

女性警察官の十人に一人は、ノーパンで勤務したことがあるはずだ。変態ではない。それが正常な性的野望というものだ。

秋元の股間がビクンと動いたように見えた。

「来年、監察室にひとり空きが出来る。それも女性監察官だ」

耳もとで唐突にそう囁《ささや》かれた。監察室は、エリート集団である人事一課の中でも、とりわけ優秀な人材が集まる特殊部門だ。警察官の不正を糾《ただ》す部門なのだから、当然である。

秋元の人差し指が太腿の付け根まで迫ってきた。

貴美子は、もう一度脚を組み直した。わざと右足を高く上げる。秋元の指がすっと女の中心に潜りこんできた。

「都庁から総監に圧力がかかるのは明白だ。アケマンのことを転属や停職に追い込むのも無理だろう。訓告と給与カット五パーセント。表向きはそうなるが、警護課の連中は腸《はらわた》が煮えくりかえっている」

秋元は、一度スカートの中から手を抜き、触り方を変えてきた。椅子の背もたれと貴美子の腰の間に手を入れ、尻の底を狙ってきたのだ。

付き合っていた頃と変わらない手順だ。

貴美子は軽く腰を浮かせた。

瞬間、スカートのバックスリットの隙間から、鮮やかに秋元の手のひらが潜り込んでくる。

パンストの基底部に人差し指、中指、薬指の三本の指がピタリと添えられる。

「乃坂君が殉職したのだから当然よ」

貴美子は頬杖《ほおづえ》を突きながら言った。

「都知事が、どう言おうが外させねばならない口実が必要だ。罠《わな》を張るのを手伝ってほしい。監察官になるには、表の評価よりも、裏での手柄の方が重要になる」

女の狭間《はざま》をリズミカルに刺激されながら、悪魔の囁きを聞いた。

狭間が一気にヌルヌルになった。

「私も、彼女が襤褸《ぼろ》を出すのを探すのに必死なのよ」

貴美子は、自分の情報提供者の顔を思い浮かべながら、太腿を思い切り開いた。

こうして触られるのは嫌いじゃない。

5

午後四時。

「この男たちの顔に見覚えない？」

真子は、スマホを掲げて見せた。麻布《あざぶ》十番の焼き肉店の個室だ。窓から東京タワーが見える。夕日に映えていた。

「見ない顔だな。黒都組の者《もん》でもノアルのメンバーでもねぇよ」

山本直樹《やまもとなおき》が、横目でちらりとスマホを覗きながら、鉄板の上で特上カルビをひっくり返した。

「見なくてもわかるっていう顔ね」

真子はビールの中ジョッキを呷《あお》った。

「半グレも極道も、手錠《ワッパ》をかけられるからって、自殺なんかしねぇよ。隙見て逃げて、マニラにも飛ぶことを考える。ノアルなら、護送車だって襲撃しかねない。かつてのうちらみたいにね」

山本は芸能プロ『ミズリー』の社長だ。同時に半グレ集団『渋東《しぶとう》連合』の幹部でもある。組対部の松坂を介して会うことができた。

個室の扉の前には、屈強な輩《やから》が、ふたり立ち、真子と山本の食事を見張っている。

襲撃事件から二日経《た》っていた。

晴海スターズの中央広場で捕まえた四人は、組対《マルボウ》と捜査一課《ソウイチ》が交互に尋問をしている。

警護九課はあくまでもディフェンス部門だ。

任務はマルタイを護《まも》ることがすべてであり、確保した容疑者の取り調べは捜査部門が中心に行う。

真子も双方から聴取された。目撃者としての証言だ。いわば参考人だ。

それが終わると、今度は自分が被告の立場にされた。監察官の尋問だ。

五十代の女監察官に、SATを要請していた根拠について、しつこく聞かれたが、これには答えなかった。組対六課の松坂から得た情報は、直属の上司である安西にもあげていないことだ。

半グレ集団のノアルが都知事を狙っているというのは、あくまでも潜入中の刑事からの情報である。そのことが、ノアルに漏れたら、潜入している刑事の死体がオホーツク海に浮かぶことになる。

たとえ、監察官であっても、迂闊なことは言わない方がいい。

その口の堅さを信用してくれたのか、松坂が、山本を紹介してくれたのだ。指定暴力団ではないので、組対の管轄外に置かれている男だ。

「この男たちは、そもそも極道でも半グレでもないと？」

真子は山本の目を覗き込んだ。

「俺のいまの生業《なりわい》は、芸能プロの社長だ。スカウトの時、顔でその人間の生い立ちを想像する習性がついている。死にかかっているその二人の目は、半端者のもんじゃねぇ。なんつーか。もっとピュアな印象を受ける。それにこの彫りの深い顔立ち、ハーフ系じゃないのか？」

特上カルビを口に放り込みながら言っている。そういう山本は、さわやかな笑顔を浮かべる好青年に見える。ふわっとした髪型。光沢のあるモスグリーンのスーツの上から紙ナプキンをきちんとかけている様子は、有名私大を出た大手広告代理店マンに見えないこともない。

だが、その眼だけは、紛《まご》うことなき闇社会で生きる男の昏《くら》い輝きを放っている。

自らが、その人間のバックグラウンドを証明する役割をしているようだ。

「ハーフ系の不良と純ジャパの抗争はいまも続いているのかしら？」

真子も箸を取った。タン塩を網の上に敷く。あらかじめ絞ったレモンの匂いが際立った。

「そりゃ十代のガキたちの話だろう。利害が合致すれば、俺たちはチャイナ系、フィリピン系、アフリカ系、どことでも組む。肌の色とか国籍なんて、うちらの世界じゃ関係ない。必要なのは実力だけよ」

山本が自分の腕を叩いて見せた。

それが芸能界のことを指しているのか、暴力の世界の現状なのかは、判別つかなかったが、どちらにも言えることなのだろう。

「ピュアという見方、なかなか鋭いわね」

真子はタン塩を口に運んだ。

松坂も、極道や半グレは、利益に見合わない殺人など犯さないと言っていた。

ところが、ふたりは、真子に踏み込まれ、劣勢になったとたんに自害した。厳密にいえば、ひとりは自害ではなく、もうひとりに刺殺されたのだが、その眼は、あらかじめ、死を覚悟していたものだった。

ピュアと言えばピュアだ。

晴海スターズの中央広場で捕らえた四人に関しては、すでにノアルのメンバーだということが判明している。四人が自供したのだ。

ノエルの幹部である会員制バーの経営者の差し回しで、大物弁護士がやって来て、釈放を求めているのだから間違いない。

問題は、そこから先だった。

彼らに十階にいたふたりの顔を見せたところ、見たことはないという。白を切っているけはいはなかったという。

弁護士も、自害したふたりに関しては、依頼を受けていなかった。

組対の黒都組担当が、組幹部やフロントの金融会社を別件捜査したが、ふたりに関する情報は皆無だった。

遺体の引き取り手はいまだいない。

「ライフル偽物だったんですよね。テレビで見て笑っちゃいましたよ」

山本が烏龍《ウーロン》茶のグラスに入ったストローに顔を近づけながら訊いてきた。

ライターのような火が出るところを、テレビ局が撮影していたのだ。真子の顔こそ広報との協定でモザイクを入れているが、炎がゆらゆらと揺れる、間の抜けた映像が何度も放映されていた。

「コケにされたものだわ」

真子はビールを呷った。

「まんまと、誘いに乗せられたわけですね」

ズズズと啜《すす》る音を立てて山本は烏龍茶を飲んだ。眼が笑っている。小ばかにしているのだ。

「そういうことになるわね」

ふたりは、刑事をおびき出すために、銃口をわざと見せた。そして目論見《もくろみ》通り探索にやって来た乃坂を逆に襲ったわけだ。

知事を狙う落下物として使用するためにだ。

「考えた奴《やつ》、頭よすぎる」

山本が、またカルビを口に運んだ。

「警察をコケにしたら、どうなるかわかっていない頭の悪い奴だと思うけど」

「ノアルも黒都組も囮《おとり》に使われただけだと思う。俺達にはそういう話、時々回って来るんだ。ただ騒いでくれって」

山本がほんの少しだけ真顔になった。

「それ、どのへんから？」

「愛国商売の連中もいるし、左サイドの団体の時もある。カネで動くこともあるし、人脈上、手伝っておいた方が得な場合もある」

「今回はどっちだと思う？」

そう訊《き》くと山本がナプキンで口を拭き、いきなり立ち上がった。

「さあね。組織違いのノアルの事情までは知らないよ。ただ、ハーフ系が愛国系ってこともないでしょうよ」

ボディガードらしいひとりが個室の扉をあけ、もうひとりが、真子の前に立ちはだかった。

松坂の顔を立ててくれるのもここまでらしい。

西麻布の裏道に出た。四月も中旬だというのに、春から冬に戻ったように風が冷たい。

外国人系の犯罪者に詳しい友人が、六本木《ろっぽんぎ》にいることを思い出した。この時間なら、そろそろオフィスに出る頃だ。

真子は、麻布十番から六本木へと歩く。考えごとをするには歩くのが一番だ。二日前の事件現場の様子を最初から順に思い出しながら、青山方面に向かった。

鳥居坂《とりいざか》を上がる。六本木で最も急な坂だ。足腰の鍛錬になる。

国際文化会館の真横の石垣沿いを歩いている時だった。背後から不意に荒い息が聞こえてきた。振り返る。デリバリーフーズのバッグを背負った男が自転車を必死に漕いでいる。

真子は立ち止まった。自転車をやり過ごそうとしたのだ。

「くらえ！」

追い越しざま、帽子を目深に被《かぶ》った男に、顔面にスプレーを打たれた。目の前が真っ赤になった。護身用の催涙スプレーだ。シャンプーが目に入った時の十倍ぐらい痛い。

自転車を漕いで走り去る音がする。

すぐに目は開けられなかった。今度は背後からヘッドライトが迫ってきている。静かなエンジン音だ。

真子は本能的に路肩に退いた。だが、すぐにガツンと腰のあたりに衝撃があった。

「うっ」

息が詰まり、転倒する。身体を強く石垣に打ちつけた。眼はまだ見えない。撥ねられた衝撃で呻《うめ》いたために、催涙スプレーの液体が口の中にまで垂れ込んできた。唇と舌が痺《しび》れた。

車の扉の開く音がする。誰かが出て来て、肩を掴まれた。真子は素早くポケットに手を入れ、警笛を取り出した。敵に向けたままの背中を丸め、警笛を咥《くわ》えた。

大きく息を吸い込み、振り向きざまに、吹いた。輪郭だけが微かに見える男の顔に自分から唇を寄せ、その耳許《みみもと》でさらに吹き続ける。

「うわっ」

男がのけ反った。警察官の吹く笛を甘く見ない方がいい。

自分自身でも耳が潰れるのではないかと思うほどの爆音が鳴り響く。

界隈《かいわい》のマンションの窓の中にまで届いているはずだ。ガラガラと窓の開く音がする。男が飛び退《の》き、扉の閉まる音がして、車は六本木方向へと走り去っていった。

何故、自分が狙われる？

真子は目を瞑《つむ》ったまま、唇を嚙んだ。

第二章　ゴー・トゥ・トラブル

1

「あなたなんか、拉致されてどこか遠い国にでも、連れていかれてしまえばよかったのに」

三浦樹里《みうらじゅり》が、紫の孔雀羽扇子《くじゃくばねせんす》を広げながら、妖艶な双眸《そうぼう》を向けてきた。相変わらず、口が悪い。

廃墟《はいきょ》と化しているロアビルのすぐ近くにある古いオフィスビルの日本語学校『マラカニヤン学院』の院長室だ。学院には英語科もある。

「助けてもらって感謝するけど、いつの間にフィリピンパブのママが教育者になったのかしら」

「需要はビジネスの母よ。東南アジア諸国からやって来た人たちにとって、日本語は日本人よりもフィリピン人から習った方が、楽ってことね。私たちのほうが、覚えるコツを知っている。日本人も英語習う際、フィリピンイングリッシュの方が覚えやすいということもあるわね。いずれにしてもネイティブというのは、習う側の難しさを理解しない。その問題を私たちはクリアできる」

そういう樹里の首筋から、強烈な麝香《じゃこう》の香りが匂ってくる。

「語学以外にも、この国での暮らし方も教えている訳でしょう」

真子は、借りたタオルで目を拭きながら、オフィスの周囲を見回した。ようやく視界が開けてきた。講師の勤務表が写真付きで張ってある。いずれも美男美女の講師たちだった。

「先に日本に来た外国人としての親心よ」

三浦樹里。かつての名前はジュリー・ガルシア。九〇年代の初めに来日、六本木のフィリピンクラブで働き、そのクラブの老オーナーと結婚。帰化している。歳の差四十歳婚だった。十五年前に夫が先立って以来、クラブは樹里の手に渡った。

そこから樹里の快進撃が始まり、現在は都内に五つの大型店を構えるに至っている。今年で五十二歳になるはずだが、見た目は四十歳だ。

十五分前、催涙スプレーに苦しみながらも、鳥居坂の中腹から樹里へ電話した。すぐにイケメンのフィリピーノが運転するレクサスがやって来て、警察よりも先に保護してもらえることになった。地元署などに救出されると余計に厄介なことになる。

「いずれ、ベトナムパブとかインドネシアパブでも始める気？　それともオールアジアンパブとか？」

樹里の裏の顔は外国人売春組織『桃宵《ももよい》』の運営者であるということだ。最初はフィリピン人や南米の娼婦《しょうふ》を扱っていたが、いまはベトナムやミャンマー、インドネシア、タイまで広げている。

この日本語学校がスカウトの場になっているのは言うまでもない。

「そんなことより、あなた、私の共同経営者にならない？　その美貌と知性があれば年収一億は固いわよ」

お茶目にウインクしてくる。

「闇亡命の片棒を担ぐのはごめんだわ。おっさんは転がせても、私は転がせないから」

真子はタオルを隣のソファに放り投げ、差し出されたペットボトルの水を一口飲んだ。

「闇亡命とは素敵な言葉ね」

樹里が、オフィスの隅に置いてある小型冷蔵庫からサンミゲールの瓶を取り出してくる。自分の机の上にグラスを二個置き、注《つ》ぎ始めた。

「引き抜きといった方が早いかしら」

「過酷な労働を強いられている技能研修生に救いの手を差し伸べているのよ」

「近づいたベトナムやミャンマーの技能研修生をフィリピン人になりすまさせて、この国で働かせるんでしょう。しかも闇の社会の中で先方とは解決してしまうってさすがね」

樹里のやり方は、ざっとそんなところだ。

真子はもう一言、付け加えた。

「あなたの、お眼鏡《めがね》にかなった美女と美男に限るわけだけどね」

いまや商品化できるのは女ばかりではない。

日本人や韓流系のホストにはない無垢《むく》な魅力が東南アジアの男子にはある。

そんなホスト遊びの上級者たちのニーズを巧みに取り入れているのが、樹里の凄《すご》みだ。

「東南アジア系の無垢な男女を求めているのは日本人だけじゃないのよ。ちゃんとマナーを教え込みさえすればニューヨークやパリでも人気。ねぇ真子ちゃん、警視庁なんて辞めて、このビジネスを一緒にやろうよ。あなたの語学力や知見があれば、絶対私の後継者になれるわ」

樹里がサンミゲールがたっぷり注がれたグラスを差し出してくる。

「ごめん、闇の女王になる気はないの。それよりこのふたりの男たちの身元を知りたいんだけど」

真子は、スマホの画像を差し出した。腹を割き苦悶《くもん》に顔を歪《ゆが》めたふたりの男の画像だ。

この女と知り合ったのは、二年前だ。

たまたまサポートで警護についた女性閣僚が、国会待機中のホテルの部屋に、外国人枕ホストを呼んだのだ。衆院予算委員会できつい質問攻めにあい、ストレスが溜《た》まっていたらしい。五十代の大臣は、ネットで知ったと告白した。

そんな時、SPは眼を瞑《つむ》る。

小一時間で出て来た男の身元が気になり、とりあえず追尾した。男は同じホテルのスイートルームに戻った。

それが樹里の部屋だった。

部屋に数人の東南アジア系の男女を待機させ、このホテルを利用する大物政治家や海外セレブに女や男を送り込むのが、樹里のビジネスのひとつだったのだ。

いずれも日本語がまだ出来ず、この国の事情にも疎い男女ばかりを送り込んでいる。

いきなり扉を開け声をかけてきたのは、樹里の方からだった。

「アラブで売れそうだわ。あなた大金持ちになれる」

アーモンド形の眼を見開きいきなりそう言ってきた。不思議な魅力のある女だった。以来、情報提供者として付き合っている。公安や生安にも知られていない。

「真子ちゃんに、死体鑑賞癖があったとはねぇ」

画像を眺めながら、樹里が顔を顰《しか》めた。

「なんでも性癖で捉えないで。あなたのネットワークなら探り当てられるんじゃない？」

「うーん」

樹里が首を捻《ひね》った。ふたりの男を眺め続けている。

「私には見覚えがないわね。少なくともうちの日本語学校の学生だったことはない」

「でも、調べることは、出来るでしょう？」

真子は、樹里に鋭く視線を向けた。

「しかたないわね。可愛《かわい》い真子ちゃんの頼みならネットワークを駆使してあげるわ」

樹里が頷《うなず》いた。闇の中のことは闇の住人に訊《き》くのがやはり一番だ。

「どうしても身許を割り出さないと、殉職した仲間に顔向けできないのよ」

さらに眼に力を込めた。

「それは、私らの業界と同じ。仇《かたき》は討たないとね」

「頼もしい言葉をありがとう」

「見つけ出した場合の交換条件は出すわよ。受けてくれるでしょう」

樹里は狡猾《こうかつ》そうに片眉を吊《つ》り上げた。探し出すことに自信があるのだ。すでに知っていてもったいをつけている可能性もある。

「要望によるわ」

「あなたのおっぱいと女の大事なところ、この指で触らせて欲しい」

樹里が人差し指をくるくる回したり、外国人がカモンカモンとやるみたいに、指先を丸めて見せた。

「断るわ。そっちには、まったく興味がないの」

きっぱり答えた。性癖にないことをするのは苦痛でしかない。

「一度、私の指に開発されると、人生観が変わるわよ。男も女もね」

樹里の指の動きが早くなる。いやらしい目つきだ。

「あんたの性的玩具になる気は、さらさらないわ。他を当たるから、忘れてちょうだい」

真子は、そう言って扉に向かった。

悪党とのネゴシエーションで大切なことは、決して譲らないことだ。下手《したて》に出ると、とことんつけあがってくる。

「まぁ、そうヒステリーを起こさないで。じゃぁ、別な条件に切り替えるわ」

樹里が折れた。凄腕の悪党ほど切り替えも早い。

「警護情報も漏らさないわよ」

どこに情報を売るかわからない女だ。

「あなたの部門に直接関係ないことよ。入管の手入れ情報。とりあえず北関東一帯で行われる手入れがいつか知りたいのよ」

樹里の右目が光る。

「出入国在留管理庁は法務省の外局よ。警視庁じゃない」

「歩いて五分の間柄じゃない」

相手も強気で出て来た。こちらも相手の闇ネットワークに頼るのだ、多少の汗はかかねばなるまい。

「何とかするわ。二日ちょうだい」

手の打ちようはある。

「わかったわ。それなら、私の方も、二日以内で、このふたりの身許、調べておくわ。少なくとも、警察よりは早くね」

樹里がサンミゲールのグラスを掲げた。真子もグラスを取り、それに応える。エア乾杯。商談成立だ。

「それにしても」

と樹里が、首を回しながら遠くを見るような目をした。

「なによ」

サンミゲールを一気に飲み干した真子が答える。

「鳥居坂であなたを襲った連中って許せないわ。私の真子ちゃんをどうするつもりだったのかしら」

「あなたの真子ちゃんじゃないから。いずれ黒都組でしょう。実行犯はノアル。二日前の報復でしょう」

「それはない」

今度は樹里がきっぱり言った。真子は首を捻った。樹里が頰を撫《な》でながら続ける。

「警察に報復なんて馬鹿げているわよ。ヤクザがそんなことするものですか。極道なら千倍返しされるとわかっているわ」

樹里の言い方は、一時間前に会っていた山本直樹のスタンスに似ていた。

「それじゃ相手は？」

「日本の警察なんてどうでもいいと思っている外国マフィアって線が、一番濃厚じゃない？」

それって、あんたのことか、という言葉を真子は飲み込んだ。

「歌舞伎町への圧力政策で、たしかに外国系マフィアも割を食っているけれど」

真子は腕を組んだ。

歴代都知事にとって、歌舞伎町の浄化は最大の政策課題である。都庁の膝元にある、日本最大の歓楽街が、犯罪の温床と称されることは許されない。

たとえば、永田町《ながたちょう》や霞が関に隣接した場所には、ソープランドもホストクラブもない。都庁が新宿もそれ相応の品格のある街にしたいと願うのも当然である。

特に五年前に都知事に就任した桜川響子は、女性支持者が多いこともあり、もともと歌舞伎町の性産業、ホストクラブ業には神経を尖《とが》らせていた。

ここを叩《たた》くことが、女性票の獲得に繋がるからだ。

密を避けなければならない新型コロナウイルス感染防止策にとって、夜の街の商売は格好の標的となった。夜の街の活動が止まって、職を失うのは日本人ばかりではない。接客業、あるいは風俗業に従事するために来日している外国人の多くも生活の危機に見舞われている。しかも外国人は、コロナ禍の中で国際便の欠航、母国の入国拒否などにあい帰国もままならないのだ。

「外国マフィアが破れかぶれになったら、なんだってするわよ。都知事を守るあんたを攫《さら》いたくなる気持ちもわかるわ」

樹里が指で拳銃を弾《はじ》く真似《まね》をした。

「警護対象者《マルタイ》だけじゃなく、自分も護《まも》らなくちゃならないとはね」

「警護してあげようか？　影のように付き添うわよ」

樹里の眼がお茶目に輝く。

「ぞっとするわ」

「なら、陰ながら見守ることにするわ」

「とにかく、襲撃犯の身元を割って。それだけしてくれたらいい。助けに来てくれたことには、感謝するわ」

真子は、防犯スプレーのせいで、五十パーセント以上失っていた視界が、ようやく取り戻せたことを潮に、帰ることにした。

解体予定のまま放置されたままになっている六本木ロアビルの前を歩く。

ロアビルは、耐震基準に満たないビルとして公表されたことから、閉鎖に追い込まれたが、利権が複雑なせいか、そのままの状態になっている。かつての六本木ランドマークもいまは廃墟だ。

まったくいつまで放置しておくつもりか。いっそ六本木警察署の庁舎にでもしたらどうだろう。『ロア六本木ポリスステーション』ってカッコよくないか。

そんなことを思いながら、六本木通りを渡った。

右手に東京ミッドタウンを見やりながら、乃木坂《のぎざか》駅へと向かう。住まいは表参道《おもてさんどう》。両親と共に暮らす築五十年のマンションだ。

2

「知事には、しばらくの間、Kプラザホテルとかに滞在していただいた方が、安全かと思います。さきほど世田谷《せたがや》の私邸に送ってきましたが、玉川《たまがわ》通りで、バイクの一群に囲まれました。ノアルの報復行動だと思いますが、今後は模倣犯、あるいはノアルに見せかけた反体制活動家の襲撃があるかもしれません」

東京都庁の展望室。すでに閉場されている。

歌舞伎町の夜景を眺めながら、戸田詠美は都知事の秘書官である植木陽平《うえきようへい》に申し出た。

「どこまで公費で賄えるかが問題だね。出張の場合は、二十四時間が公務とみなせるが、東京に私邸を持つ知事が、公務を離れた時間のホテル使用は、プライベートではないかという議論が必ず持ち上がる」

植木がシアトル系コーヒーチェーンの紙コップに入ったエスプレッソコーヒーを飲みながら答えた。

前知事の大桝得蔵《おおますとくぞう》が公用車の私用や、家族旅行を公費で計上したことなどが批判を浴び、任期途中で辞任に追いこまれたことが、現知事誕生のきっかけになった。ことのほか、公私の区別が重要視されているのはそのせいだ。

「それならば、都庁内に宿泊するというのはどうでしょう？　知事室にはシャワールームもあることですし、会議室のひとつをベッドルームにするとか」

詠美は粘った。

かつて東京都には、知事公邸が存在したが、現在は廃止されてしまっている。公邸最後の住人は青島幸男《あおしまゆきお》で、以後の知事は自邸から通勤している。

松濤《しょうとう》に残されているかつての公邸は、二〇〇八年に売却が決定され、二〇一四年、の競売で住友《すみとも》不動産が落札。現在もそのままの状態で保存されている。

「それはそれで、都庁を私物化していると、民自党や立共党の都議が叩いてくる」

植木が縁なし眼鏡のブリッジを押し上げながら言った。三十五歳。もともとは都庁の職員だった男だが、三年前、退職して桜川の事務所に入った。いずれ東京一番党から都議選に打って出るつもりらしい。

「要するに、ＳＰとしての私が言いたいのは、移動中が一番危ないということなんですけど」

詠美は声を尖らせた。

「そんなことは、わかっている。だが、そのために存在するのが、きみたちＳＰだろう。知事が都庁から出ないんだったら、守衛だけでいいじゃねぇか」

植木もコメカミに青筋を立てた。

「だったら、影武者《ダミー》を立てるとか……」

「バレたら、笑い者だ。コミック映画じゃないんだぜ」

「あの町を甘く見ない方がいいと思いますが」

詠美は、歌舞伎町を指さした。そこだけ、ひと際、妖艶な色彩を放っているように見えた。

「極道や半グレは示威行為だけなんじゃなかったっけ」

「私たちもそう思っていました。けれど、晴海スターズで見たとおりです。自害した容疑者たちはＳＰを窓から突き落として、都知事に当てようとしたんです」

上司のアケマンの見解はそうだった。あれは、石代わりに人間を使ったのだと。

だとすれば、明らかに殺意があったということだ。

「火遊びのつもりが、たまたま本当に火事になってしまったということではないのか。だったらいまごろは、警察の報復が怖くてビビっているだろう。しばらくは何もないさ」

「十階で自害した二人は、どうやら半グレではないようなんだけど」

詠美は、仄《ほの》めかした。まだ一課と組対が捜査中であって、断定は出来ていない。黒都組もノアルも、口裏を合わせて知らないと言っているだけなのかもしれない。

「知事が、テロに怯《おび》えているような姿は見せたくない」

植木が、紙コップを握り潰した。実に桜川に忠実な秘書だ。桜川響子の行動、言動の原理は、いかに大衆受けするかということだ。

『国と闘う知事を演じる名女優』とは、上司アケマンの都知事評だ。

すぐそばにいる自分にはそれがよくわかる。彼女の頭の中にあるのは、日本初の女性総理になるだけだ。

「将来ある身の、桜川さんを死なせてもいいんですか?」

詠美は搦手《からめて》を使った。

とにかくアケマンからは、都知事の移動を減らせとメールが入っている。

「いやいや、そんな風に俺が言っていると取られては困る」

植木が、潰した紙コップを持参したレジ袋に放り込んだ。マナーは承知しているようだ。

「だったら、影武者を……」

言いかけたところで、刑事電話《ポリスモード》が震えた。アケマンからだった。メールではなく、電話だ。

「戸田です！」

「秘書の説得に手を焼いているようね」

アケマンの低い声が響いてきた。

「ええ」

詠美は、植木に悟られないように、曖昧な返事をした。

「なら、こっちで勝手にやるまでよ。いろいろ打ち合わせたいことがあるので、表参道あたりまで来れる？　いつものバールで一杯やりながら、相談しましょう」

「大丈夫です。知事はすでに私邸に戻っていますので」

詠美は即答した。

午後八時に会うことになった。アケマンのために、閉店後にプライベートに使わせてくれるバールだ。

「警護に関しては、警視庁の上層部が案を練るようです」

植木に一礼して、詠美は踵《きびす》を返した。

3

午後七時三十分。

高層ビル街特有の横風が吹きつけていた。

詠美は、退庁すると都庁職員や西新宿の高層ビルで働くサラリーマン、ＯＬの群れをかき分けながら新宿駅西口へと急いだ。

民間の大企業ではリモートワークが普及しているが、都庁をはじめとする役所の働き方は、旧態依然としている。オフィスワークがほとんどだ。

押印業務はいくらか改善されたが、通信手段は、いまもファックスが主流だったりする。つまり紙でのやり取りが、いまだに普通なのだ。

もっとも機密保持という観点からすれば、ファックスはネット系よりも遥《はる》かに漏《ろう》洩《えい》が少ない通信手段ではあるが。

西口広場まであと百メートルぐらいという辺りだった。

突然、視界が暗くなった気がした。

いつの間にか、自分の周囲は黒いスーツの男ばかりだということに気づいた。それも巨漢揃《ぞろ》いだ。十人はいる。身長一六二センチの詠美の身体《からだ》が、周囲からは見えないように、すっぽり隠れてしまっている。

本能的にその集団から抜け出そうと横に動いた。左の車道側へだ。

突如、右にいた男に腕を摑《つか》まれる。

「なにするのよ」

任務中ならば裏拳《うらけん》を放つところだが、相手が人違いをした可能性もあるので、軽く腕を払い除《の》けようとした。

ところが、さらにきつく摑まれる。

「ちょっと」

警察手帳を取り出そうと、左手を動かした瞬間、真後ろにいた男に口を押さえられた。黒革のグローブを嵌《は》めている。鼻から顎まで完全に抑え込まれる。前の男が歩を止め、左右の男に腰のベルトを摑まれた。

身体が浮きあがる。

脚をばたつかせ、左右同時に肘打ちを見舞ってやる。

「うっ」

呻《うめ》いたのは自分だった。

これは強靱《きょうじん》なセラミック板を入れた防刃《ぼうじん》ベストだ。

肘の激痛に、顔を歪める間もなく、背後から膝蹴りを打たれた。尻が真っ二つに割れてしまいそうな衝撃を受け、前のめりになった。痛みが脳まで響く。

「うぅうう」

車道にミニバンが滑り込んで来た。シルバーグレーのアルファードだ。詠美は必死に眼を見開きナンバーを記憶した。杉並《すぎなみ》ナンバー。特徴のないバラバラの数字だ。

スライドドアが開き、後部席に放り込まれる。対面シートになっていた。

車内にはフェイスマスクをした男がふたり待機していた。いずれも迷彩色の乱闘服を着ていた。他にドライバーがいたが、観察する余裕はなかった
「引き継ぐ」

フェイスマスクのひとりが言い、詠美の腹に正拳を打ち込んできた。胃袋が背中から飛び出していくのではないかというほどの威力だ。

「ぐふっ」

詠美はガクリと身体を前に折った。尻と腹を強打され、完全に膝から下が動かなくなっていた。

「頼んだぜ」

黒のスーツ姿の男たちは、乗り込んではこなかった。ドアが閉まり、アルファードは、駅とは逆の方向に走り出した。

腹を抱えて後部席に蹲《うずくま》る詠美に、男たちの手が伸びてくる。ふたりとも、裁ち鋏《ばさみ》を持っていた。下卑た視線を寄越したまま、鋏を衣服に這《は》わせてくる。

「いやっ」

最初にベルトが切られた。フェイスマスクから覗《のぞ》く眼は一重瞼《まぶた》だった。

そのまま、前を切り裂いてくる。メンズならファスナーがある部分だ。白のナイロンパンティを露《あらわ》にされる。

女性警官は制服時のパンストはナチュラルカラーか黒と定められており、下着も派手な色や柄は、慎むという規定になっている。とはいえ、パンティやブラジャーまで点検されることはないのだが、詠美は白を好んでつけていた。先輩ＳＰの庵野幸彦に、白の下着が似合うと褒められたからだ。周囲にはまだ気づかれていないが、庵野とは、月に二度ほど身体を重ね合わせる関係だ。

アルファードは靖国《やすくに》通りを市ヶ谷《いちがや》に向けて走行しているようだ。

もうひとりの男が白ブラウスの胸襟に鋏を這わせてきた。

こいつは二重瞼だ。鼻梁《びりょう》部分が、一重瞼の男よりも盛り上がっている。フェイスマスクを外したら彫りの深い顔立ちなのではないだろうか。

ボタンをひとつずつ開けるような悠長な真似はせず、襟から裾に向かって一直線に切ってきた。

すぐにレースの縁取りをしてある白ブラジャーが現れる。フロントホックではないのだが、前からバッサリ切られた。鋏の尖端《せんたん》でCカップを左右に分けられる。バストは軽量級だ。SPにはその方が向いている。

バストを見た男の双眸が好奇に輝く。鋏の尖端で突かれる。トップが急速に硬直した。

「あっ」

恥辱に悶《もだ》え、身を捩《よじ》った。

もう一方の男が、スーツパンツの股底をざっくりと切り裂き、腰部が丸出しにされる。ついにパンティのゴムも切られた。

支えを失った前面がハラリと落ちて、呆気《あっけ》ないほどあっさり女の大事な部分を暴露される。

「亀裂《すじ》が短いな。俺好みだ」

一重瞼の男が言った。

「いやっ、触らないで」

詠美は背もたれの方へ、身体を反転させて、バストと陰毛を隠した。尻を見せている方がまだマシだ。

「逃げたければ、ここから飛べよ」

下半身の着衣を切り裂いた男が叫びながらいきなりスライドドアを開けた。

轟音《ごうおん》を聞くと共に背中と尻に風圧を受けた。真横を大型トラックが走行しているのか、軽油の匂いがした。

「真っ裸で、道路に放り投げてやる」

一重瞼の男の声だ。背後からバストを鷲掴《わしづか》みにされ、身体を背もたれから引き剥がされる。

「いやっ」

失禁しそうになったが、尿道を窄《すぼ》め、ぎりぎり押さえた。漏らしたら、切られそうだ。

拉致した者を全裸にするのは、逃亡防止の王道だ。

「背中を向けたままでいい、オナニーしろ。昇《い》くまで、クリトリスを擦《こす》れ」

二重瞼の男の声がした。

「えっ」

意外な命令に首だけ回して、男の顔を見た。

二重瞼の男は、真顔だった。

手には鋏ではなくウイスキーボトルを持っている。バーボンだ。キャップを外して一口含んだかと思うと、詠美の尻に向けて吹いた。霧状のバーボンが女の秘裂に掛かる。粘膜がヒリついた。

「アルコール消毒をしてやった。早く触れ」

有無を言わせぬドスの利いた声だ。

「なぜ、そんなことを」

自慰の経験がないわけではない。ただし、人前での経験はない。

「それともこのボトルで、貫いてやろうか？」

二重瞼が、バーボンボトルを突き出した。眼が据わっている。そういう嗜好《しこう》の男なのか、それとも別に目的があるのか？

詠美は、男たちに背中を向けたまま、右手を陰部にあてがった。

スライドドアは閉められた。ついでに、後部席の厚手のカーテンも閉められる。

車内に静寂が生まれた。

「花を開いて見せろ」

この声は、二重瞼の男だ。

「見ないで」

そんなことにはならないと知りながらも、抵抗の言葉を漏らす。

警護対象を護《まも》るために、これまで何度も身を投げ出してきたが、敵の前で、オナニーをする屈辱は別次元の勇気がいる。

「ばかいえ、隅々まで見てやる。お前のほうには目隠ししてやる」

一重瞼に怒鳴られた。

アイマスクをかけられた。視界が闇に閉ざされた。

抵抗してもいまは無駄だろう。全裸の上に車は走行中だ。逃亡は難しい。敵に隙が出来るのを待つしかない、と詠美は覚悟を決めた。

視界が塞がれた。不思議なもので、恥辱感が薄れた。

「花を全開にしろ！」

この声は、二重瞼の方だ。

詠美は、人差し指と中指で花びらを広げた。温かい蜜が溢《あふ》れ出ている。この期に及んで濡《ぬ》らしている自分が恥ずかしい。

「澄ました顔して警備をしていても、股の間は淫らなもんだな。ぐちゃぐちゃだ」

一重瞼の声だ。詠美を女性警護官《LSP》だと承知しているような口ぶりだ。

「うっ」

どうであれ、屈辱に打ち震えた。

生まれてこの方、こんな風に蔑《さげす》まれたことはない。

「皮を剝《む》いて、擦るんだ。いいか、本気で擦れよ。俺たちが本気じゃないと判断したら、顔の原形をがなくなるまで殴るからな」

「こ、擦ります……でも何のために、こんなことを」

詠美は、急いで花びらの合わせ目の下にある包皮を剝いた。突起が外気に晒《さら》される。淫芽に直接触るなどめったにない。詠美の日頃のやり方は、包皮を上下させる間接刺激だ。

おそるおそる、淫芽に人差し指の尖端を伸ばした。触れた。

「あうぅううう」

ヒップ全体を揺すらねばならぬほどの淫撃が走った。淫芽の直接の刺激がこれほど威力があるとは、二十六年間も知らなかった。

「もっと強く押すんだ！」

背中越しに、二重瞼の男の声が飛んでくる。バーボン独特の甘い香りが漂っていた。

微《かす》かにシャッターを切る音が聞こえてきた。撮影されているのだ。半グレかテロリストか知らないが、男に拉致された以上、全裸撮影は覚悟していたが、まさか、自慰シーンを撮られるとは思ってもいなかった。

「いやっ、あんっ」

「指を止めるな」

もうどちらが言っているのかわからなかった。思考が乱れた。

「いやぁあああ。もう昇っちゃう」

あるタイミングから、快感が恥辱を越えた。詠美は、淫芽を夢中で、押し潰し続け、幾度も絶頂を味わった。

体力を失い、総身が汗みどろになる。絶頂を味わい過ぎて、ぐったりとなった。

ぜいぜいと荒い息を吐いていると、突如アイマスクを外された。車内は薄暗がりであったが、それでも一瞬、眼がくらむ。

白くぼやけていた視界が、徐々に焦点が合い始めると、一重瞼の男の姿が見えた。全裸だった。

「えっ」

訓練を受けた傭兵《ようへい》のように筋肉質な体だった。全身に幾何学模様の刺青《いれずみ》が入っていた。

男がにやりと笑って黒のボクサー型のブリーフを脱いだ。黒い男根が銃口のようにこちらを向いている。尖端が膠《にかわ》でも塗ったように光っていた。

詠美は身を捩った。何をされるのかはすぐに理解できたが、本能的に膣《ちつ》は窄まった。挿《い》れられたくない。

「自分で、濡らしてくれたから、手間が省けるよ。スミオ、やる前にオナニーさせるって、いいアイデアだな」

一重瞼が言っている。二重瞼の方はスミオという名のようだ。

「だろ。脱がしたり、愛撫《あいぶ》したりって、面倒くさいじゃん。マサキさ、いまだったらズボッと挿れるだけでいいじゃん」

スマホのレンズを詠美の股間に向けているスミオが答えた。

スマホは詠美自身のものだった。

いまは動画モードにしているようだ。ライトの光が、腫れたクリトリスを照らしていた。

「そうだな。ズボッと入れちゃおう」

一重瞼のマサキが、腰を屈《かが》めて、接近してきた。

直ちに足首を持ち上げられた。股間のまん面を上に向けさせられた。

「いやぁあああ。挿入しないで！　私のスマホで撮影なんかしないで！」

泣いても喚《わめ》いても、容赦なく硬直した亀頭が、膣口をこじ開けてきた。妙に冷たい感触の亀頭だった。

「いまに、いやよ、なんて絶対口にしなくなるさ」

肉層に硬い男根が侵入し、亀頭が子宮を思い切り叩く。

「あぁあああっ」

嵩張《かさば》った鰓《えら》で、柔肉を抉られ始めた。どういうわけか、痺れるような快感が押し寄せてくる。

　クスリ？

　亀頭が冷たく感じたのは、覚せい剤を溶かしたものを塗っていたからではないか。そうだとすれば、粘膜吸収してしまったことになる。

「女ＳＰさんだけあって、脇も締まっているが、膣もしっかり締まっているな。こっちまでよくなってくる」

　腰を振りながら、マサキが一層眼を細めた。口の端から涎《よだれ》が垂れている。薬物中毒者特有の表情だ。

「いやっ、何が目的なの？　私をこんな目に遭わせて、いったい何を企《たくら》んでいるのよ」

　詠美は、しだいに高まってくる極上の快感に抗《あらが》いながら、意識が正常なうちにと探りを入れた。

「都知事を丸裸にしたいだけさ。おまえらＳＰがじゃまくせぇ。ＳＰがやられ続けたら、都知事も怖気《おじけ》づくだろうよ。夜の街を敵に回したら、どうなるか思い知ればいい！」

　マサキが、ストロークのピッチを上げた。快感の波が、二波、三波と押し寄せて来る。

「あぁっ」

みずからも腰を打ち返してはじめていた。極点へと向かうスピードが、やたら速い。膣層でこれほど感じるのも、初めてだ。

昇きたくなった。眉間にしわが寄り、顔がくしゃくしゃになり始めた。

「マサキ。そこでいったん止めろ」

スミオが声を張った。スマホのレンズは股間の繋がった部分に向けたままだ。

「いやっ」

出没運動を止められた膣層が、早く摩擦を再開して欲しくて疼《うず》いている。

「都知事、辞任してください、と言えよ」

スミオがそう命じてくる。

「そんなこと言うわけないでしょう」

詠美は、掠《かす》れた声をあげた。

スミオのスマホのレンズが、股間から詠美の顔の位置に上がってきた。

「言えよ。言ったら、摩擦してやる。言わなきゃ、これで終わりだ。悶え死ぬぞ」

冷徹な言い方だった。

いいわよ……そう答えるべき局面のはずだ。マサキの男根は、膣層の中ほどで止まったままで、抜こうと思えば、抜ける状態だ。

抜きたくなかった。

これが〈キメられた〉ということであろうか。

抜きたくないため、詠美は自ら腰を送ってしまった。ずちゅっ、肉処を前に送り、マサキの男根をより深い位置に咥《くわ》え込もうとした。

ほんの少しだけ、亀頭が奥に入ってきた。

「あぁあっ」

瞬間、スミオがマサキの背中を叩いた。

「おっと」

マサキが細い目を見開き腰を引く。

男根はあっさりと引き揚げれらた。入口のところで、遊んでいる。この中途半端さが堪《たま》らない。せつなすぎる。

「いやっ、深く挿して！」

ありえない言葉を発してしまった。もはや脳内はエロモード一色だ。

「言えよ！」

「知事、辞任してください。お願いします……」

レンズに向かって、懇願した。摩擦を再開してくれるならば、もはや何にでも従う気持ちになっていた。先のことなど考える余裕はなくなっている。

スミオが、マサキの背中を軽く二度叩いた。ゴーサインのようだ。マサキが、男根を一気に根元まで沈めてくる。

「あぁあああぁ」

貫かれ、巨大な快感が、脳天を突き抜けていく。マサキは、さらに大きく尻を跳ね上げ、スパーン、スパーンと叩き込んできた。

「あぁああぁ、昇くぅううう」

マサキの背中に爪を立て、激しく首を振った。極点が目前だった。

「止めろ」

再び、スミオの非情な声がする。マサキは、猟犬のように、ピタリと動きを止め、今度は完全に引き抜いてしまった。

「いやぁああああああ」

脳の片隅で、自分は狂っていると感じつつも、そこから先は、スミオのいいなりになるしかなかった。

4

明田真子は、腕時計を見た。もう三回目だ。

すでに一時間以上過ぎているのに、詠美が現れない。連絡もないのが、不思議だ。ひとつだけ考えられるのが、都知事から緊急に呼び出されたということだ。それも、極秘行動に付き合わされているケース。その場合は、ＧＰＳも遮断し、一切外部からの連絡も遮断する。

それ以外に考えられなかった。だが、それでも係長の自分には一報を入れてくるはずだ。

「黒ビールをもう一杯」

髭面《ひげづら》のマスターに指を一本を立てる。表参道のバー『アンダーワールド』。元は『阿部《あべ》酒店』といったが、いまのマスターが配達を嫌って、バーに変えた。酒を売ることに変わりはないという。まぁ、そうだ。

午後八時に閉店した後は、プライベートに使わせてくれる。営業時間外だから、もちろん料金も派生しない。

自粛中のバーである。

弁護士の母がこの店の法律顧問になっている。料金を取らなければ、営業ではないのだ。その代わり、開店時間内にやって来たときには、倍払うことにしている。抜け道はいくらでもあるのだ。

マスターの阿部が、黒ビールを注いでいる間に、真子はスマホを取り出し、詠美に電話を入れてみた。これも三度目だ。

きっかり十秒間、呼び出し音は鳴ったが、そのまま留守録に切り替わる。真子は最初の一度だけは「どこらへん?」と入れたが、二度目は入れなかった。三度目もそのまま切る。

不測の事態と見てよさそうだった。下手《へた》に伝言を残さない方がいい。SPとしての本能がそう言っていた。

切ったとたんに、着信を知らせる音がした。相手を特定する音は、パトカーのサイレン音。マスターの背中がぎくりと震えた。小心者だ。

「明田です」

真子は背筋を伸ばして答えた。

「アケマン、世田谷の方にすぐに来て」

桜川響子の声が裏返っていた。何事にも動じない都知事にしては珍しい。世田谷とは、知事の私邸を指す。

「どうしました?」

真子は努めて冷静に問い返した。慌てている警護対象《マルタイ》を、まずは落ち着かせるのもSPの任務だ。

「戸田さんから、変なメールが来ているの」

「えっ、知事と一緒ではないのですか？」

真子は訊き直した。目の前に黒ビールがなみなみと注がれたジョッキが置かれる。溢れ出る焦げ茶色の泡が、なんとも蠱惑《こわく》的だ。

「私は、夕方には世田谷に引き上げたのよ。戸田さんは、うちの植木と警護打ち合わせをしていたはず。送りだけだから、私についていたのは今泉《いまいずみ》さんだけよ。もちろんもう帰ったけど」

今泉裕美《ゆみ》だ。二十五歳の地域課から上がって来たばかりのＳＰだが、まだ本格警護にはつけていない。公用車の送迎のみ担当している。もともとが世田谷新町《しんまち》署勤務だったため、知事の私邸界隈《かいわい》に詳しいという事情から配属したままでだ。

「変なメールとは？」

顔を下げて、黒ビールの泡を啜《すす》った。鼻の下に焦げ茶色の泡が付く。マスターの阿部が指をさして笑った。あんたに笑われたくはない、と言いたかったが、いまはそれどころじゃない。

「動画が添付されているけれど、ちょっとその映像が……とにかく来てよ。不気味なの」

独身の桜川響子は、自邸にひとりで暮らしている。邸内には住み込みの家政婦がひとりいるが、さすがにこころ細いのだろう。

しかも一昨日《おととい》は、暴徒に襲われたばかりだ。不安感を取ってやるには、行くしかないようだ。

「わかりました。すぐに伺います」

「お願い。でも、桜田門には内緒で来て」

桜川が声を潜めて言っている。

「どういうことでしょう?」

「映像を見たらわかるわ。あまり知られない方がいいと思うの。政治家としてじゃなくて、女としてね」

意味深長な言い方だった。

何かある。

「個人の資格で伺います。勤務明けだったので、ビールを少しだけ飲んでおります。お許しください」

「かまわないわよ。私もワインをやっているから」

「ではすぐに」

真子は立ち上がった。未練は黒ビールだ。ジョッキに手を伸ばし、ぐいと飲んだ。一気に半分まで飲む。

「少しだけじゃないんですか。それもう三杯目ですけど」

マスターが眼を尖らせる。山賊《さんぞく》のような顔だ。

「水みたいなものよ。じゃあね。また来るわ」

樫《かし》の木の扉を押し開けて、骨董《こっとう》通りに飛び出しタクシーを拾った。

午後九時過ぎにしては、玉川通りの下り車線は、空《す》いていた。やはり新型コロナウイルスの蔓延《まんえん》以来、リモートワークが増えているのだろう。

一年半前なら、この時間の玉川通りや、上を走る首都高速渋谷《しぶや》線は、帰宅ドライバーで大渋滞していたものだ。

表参道から世田谷区の桜新町まで、約三十分で到着した。

有名漫画の主人公の名を冠した通りから、一本奥に入ったあたり、瀟洒《しょうしゃ》な邸宅が並ぶ一角に、桜川響子の私邸はあった。

白く背の高いコンクリート塀に囲まれ、邸の全貌は見えないようになっている。

本来ならば、知事邸前にはポリボックスが立ち、二十四時間警察官が詰めるところだが、桜沢はこれを断っていた。

ソフトなイメージが損なわれるのを恐れてのことだ。

警視庁警備部警護課の要人警護は、あくまでも要請によって派遣することが建前になっている。総理を始め閣僚、衆参議長などは、慣例的に就任と同時に私邸にもポリボックスが設置されるが、自治体の首長にはこれをきらう者も多い。

やはり直接選挙で選ばれているので、選挙民の視線を気にするのだ。

門扉の脇にある通用口から、敷地内に入った。大きな庭というわけではないが、邸をぐるりと囲むように芝生の空間がある。都知事は毎朝、リビングに面した芝生の上で、体操をしている。高い塀のおかげで人目にはつかない。チャイムを鳴らすと、年齢に似合わない甲高い声が返ってきた。

「お待ちしてましたぁ」

桜川家に二十五年奉公している家政婦の間宮《まみや》房江《ふさえ》の声だ。

「失礼します」

ロックが解除された玄関扉を開けて、邸内に入る。

桜川響子は英国調の家具に彩られたリビングにいた。ひとり掛けのソファに座りオットマンに足を投げ出している。ロイヤルブルーのワンピース姿だった。

いつになく不安げな顔をしている。手にスマホを持っている。

「遅くなりました。早速、メールに添付された動画を拝見できますか」

真子は桜川のソファの真横にある丸いストールに腰を下ろした。外国首脳との会談の際に通訳が間近に座るような感じだ。

「これよ」

桜川が画面をタップした。

いきなり、詠美の顔のアップが現れた。額のあたりに小さな円形の光が当たっている。これはスマホで撮った動画の特徴だ。レンズのすぐ上あたりからライトが投射されているので、どうしても映っている動画のどこか一点が光るのだ。

『桜川都知事。お願いです。辞任してください。夜の街の人たちは、本当に怖いです……』

詠美がレンズに向かってそう言っている。上擦った声だ。顎を引き、一呼吸入れて、詠美はまた喋《しゃべ》りだした。

『……辞任していただかないと、私、死んじゃいます。本当に死んでしまうんです。あっ』

眉間にしわを寄せ、苦しげな表情だが、どこか恍惚《こうこつ》としているようにも見える。

「これは……」

真子は桜川に寄り添う恰好《かっこう》で動画を凝視した。

詠美の肩が微かに揺れていた。そしてその揺れが突如停止する。

『あ、明日中に辞任宣言をしてください。お願いです。うっ、その声明がないと、私、刺し殺されます……』

詠美が突如泣きだし、動画はそこで切れた。

「明田さん、これどう見てもナイフで脅されながら、喋らされていますね。私、どうしよう……」

　見終えた桜川の唇が震えている。

　女帝と呼ばれる桜川響子だが、担当SPひとりの生命がかかっているとあって、懊悩《おうのう》しているようだ。

「桜田門に内密にとおっしゃられたのは、上層部が戸田を見殺しにすると思ったからですね」

　真子は桜川の横顔を見つめた。

　SPのひとりが敵の手中に陥《おち》ち、人質にされた場合、原則、奪還は目指さない。放置だ。それが警護課の暗黙の了解事項だ。

　盾になるべきSPが、取引の交換条件になったのでは、警察の沽券《こけん》にかかわるからだ。その代わり、徹底した復讐《ふくしゅう》に出る。それが日本の警察のやり方だ。

「経済より人命と言っている私が、それじゃ、名が廃《すた》るってもの。一生警視庁に頭が上がらない政治家にはなりたくないわ。明日会見を開こうと思う」

　桜川響子は、スマホを閉じ、膝を叩いて立ち上がった。案外、サバサバとした表情だ。それでは、警護九課《こちら》の顔が立たない。

「一生、桜川さんに頭の上がらない警察官ではいたくありませんので、少し時間稼ぎをさせてください」

真子は三人掛けソファに移動し、腕を組んだ。正面の全面ガラス窓の向こうに常夜灯に照らされた芝生が見えた。

桜川のタヌキ顔がガラスに映り込んだ。背もたれに身体を沈めたまま、眼を閉じている。真子が駆けつけたことで安堵《あんど》したようだ。

うたた寝だろうが、タヌキ寝入りという言葉がよく似合う女だ。

それだ！　真子は、ある閃《ひらめ》きを得た。

ちょうど、そこに家政婦の房江が、ワゴンを押してきた。大きなグラスに赤ワインが半分ほど注がれている。それにチーズが各種とレーズンが添えられていた。

真子は、桜川の横顔にグラスを掲げ、一口飲んだ。桜の季節にふさわしい芳醇《ほうじゅん》な味だった。真子は、じっくり策を練ることにした。

第三章　闇の報酬

1

「ちっ。入院ってなんだよ」

奥村澄夫《おくむらすみお》は、スマホを睨《にら》みながら、思わず唸《うな》った。早朝五時だ。

【午後八時すぎに、桜川都知事が新宿区の総合病院に緊急搬送された。都庁は疲労による帯状疱疹《たいじょうほうしん》と発表。意識ははっきりしているので当面代理は立てず……】

ネットニュースには、そうある。

これでは、送った動画を見たのかどうかすら、判断しかねた。

「腰抜かして、病院に逃げ込んだんじゃないのか」

花沢将暉《はなざわまさき》が、額の汗を拭いながら、虚ろな視線を向けてきた。

「そんな弱気なオバサンじゃねぇよ。マジで具合が悪くなったか、なんか魂胆があってのことだろう」

政治家が入院を公表するのはよほどの理由だと、以前、区議夫人から聞いたことがある。新宿区議の女房で、歌舞伎町の隠れ常連客だ。

いわく、政治家は健康であることが第一条件で、体調不良そのものがライバルから攻撃される材料になる。

それを承知で入院する場合は、本当に危ない症状が出たか、さもなくば、収賄や選挙違反などで、司直の手が伸びた場合だ、と。

この情報が、澄夫の脳を混乱させていた。

桜川響子は、昨夜八時過ぎの段階で、動画を見る余裕などなかったのではないか。

そういう疑問が浮かんでくる。

病名は過労による帯状疱疹で意識ははっきりあると書いてある。それならば、動画は見ているが、辞任声明は出したくないということか。

あるいは、より重い病気で意識も混濁しているが、周囲が状況を伏せている可能性もある。そうなれば、別にあの動画を見ていなくても、自然に桜川都政は終了することになる。

夜の街への迫害は終わり、歌舞伎町が望む都知事を当選させることができるかもしれない。

依頼者の目的はそこにあるのだ。

問題は、この入院が詠美の動画を見た上での、時間稼ぎだった場合である。

その場合、警察が詠美を奪還に来る。

澄夫は身震いした。

それが最悪のシナリオだ。

寒気がした。警察が本気になったら、都知事の指示とは関係なく歌舞伎町の店は、徹底的に捜索される。奴《やつ》らは、日頃見過ごしているような微罪でも見逃さず、どんな理由を付けてでも家宅捜索を行い、店を営業停止に追い込んでくるのだ。

そんなときは閉店時間が一分過ぎただけでも、踏み込んで来るし、そこでホストがタンバリンを叩《たた》いていれば、届けのない楽器演奏とさらに罪のポイントを増やしてくる。ホストは立小便しただけでも軽犯罪法違反で連行され、十時間近くも、尋問を受けるのだ。

刑事だけならまだいい。

潰しにかかろうとするときは、保健所とも組んでくる。衛生管理を指摘し、これまた営業停止に追いこんでくるのだ。

「ちっ」

いったん思考が、ネガティブに傾くと最悪の状況がどんどん目に浮かんでくるものだ。

澄夫は、詠美のスマホをもう一度凝視した。桜川からはなにも返信はない。電話の履歴には不在着信として『アケマン』から三度入っているだけだ。車中に拉致している間の着信だ。留守電はなかった。

アケマン、この名を依頼者に伝えるべきか、迷ったが、おそらくどこかの店の名前とかであろう。澄夫は無視することにした。

言われた仕事はした。

後は依頼者からの次の指示を待つしかない。

そう思いながら、倉庫の隅を見た。

「あぁ、もうおかしくなっちゃう」

詠美の甘やかな声が聞こえてくる。

疲れを知らない花沢将暉が、筋肉質で刺青に彩られた尻を振り続けている。

車から降ろした後も、将暉は延々やり続けている。初めて組む男だ。

倉庫に入ると同時に、詠美の口をこじ開け、ＭＤＭＡ《タマ》を飲み込ませた。性欲が極度に高まる覚せい剤の一種だ。

倉庫は川沿いに立っている。十分ほど前から雨が降り始めているようで、川の匂いがきつくなっていた。

どのみち、この女の始末もせねばなるまい。

「将暉、いつまでやってんだよ」

「まだ飽きない。この女、しまりがいいんだ。澄夫はなんでやらないんだ」

腰を振りながら、将暉が顔を澄夫に向けてきた。

「お前がやった後になんかやれるか」

背中から滝のような汗を流し続けている将暉に伝えた。将暉の巨根は、並外れている。もっとも理由は別なところにある。

「それがよ、この女、俺がいくら拡張しても緩くならないんだぜ。ぴっちり覆いこんでくる。最高だぜ」

「いやっ、そんな言い方しないで！」

詠美はそう叫ぶが、両手はしっかり将暉の背中に巻き付いている。

澄夫は、生唾をごくりと飲み干しながら、性欲と懸命に戦っていた。足がつく真《ま》似《ね》は出来るだけ避けねばならないからだ。

詠美の膣《ちつ》には将暉の体液が充満しているはずだ。そこに自分のものまで混ぜたくない。

花沢将暉と出会ったのは、二日前だ。歌舞伎町のゴジラビルの前。

東山一清《ひがしやまかずきよ》と名乗る依頼者のセットアップだ。東山からの仕事はこれで五回目になる。支払い実績は抜群で、いつも終了後に、澄夫の郵便受けにコインロッカーの鍵が送られてくる。

コインロッカーの場所は、別にメールで知らせてくるのだが、一定の場所ではない。首都圏一帯のロッカーを名指ししてくる。

開けると、きっちり約束通りの報酬が入っている。

会ったことのない依頼者だが、信頼は出来た。

今回の報酬は、大きい。

女を攫《さら》って酔わせて捨てるだけで、五百万だ。

もうひとつのミッションを受けた場合はさらに五百万プラスされる。それは、どういうタイミングで指示されるのか不明だった。

将暉の呻《うめ》く声がする。また射精したようだ。詠美に覆いかぶさり、ぐったりとしている。それでも数分で、また復活するはずだ。ＭＤＭＡの威力は半端ない。

「入院はポーズさ。夕方には辞任を発表するだろう」

将暉が、詠美の乳首を舐《な》めながら言っている。楽観主義者らしい。

「だといいんだがな」

澄夫は曖昧に答えた。将暉の素性は知らない。だが、筋肉質な体格を見るにつけ、いずれ武闘を学んだ男に見える。

いわゆる喧嘩《けんか》好きの半グレとは違うようだ。

格闘家崩れか？

そんな気がした。それも半グレの主催する地下イベント専門の格闘家。つまり喧嘩ファイトのプロだ。一晩の掛け金は億を超える。

澄夫も喧嘩にはそれなりに自信があったが、こんな筋肉を持った奴と殴り合いなどしたくない。

自分の現在の生業《なりわい》は、プライベート私書箱だ。

歌舞伎町に住んではいるが、杉並や世田谷界隈《かいわい》に計五室のアパートを借りており、その郵便受けを、会員制の私書箱として貸し出している。

単純に言えば住所を知られたくない、あるいは住所そのものがない人間に代わり、郵便物を受け取り、指定された場所へ転送する仕事だ。

会員は闇サイトを通じて募っている。

会費は月額十万円。何度利用してもいい。会員が三十人いればアパート代や公共料金の経費を抜いても年収三千万は楽勝だ。

ホスト時代のように媚《こ》びもせず、嫉妬もされずに、高収入を得られるのだ。もちろんノータックスだ。

澄夫はフィリピン系のハーフだ。それも私生児。母親が群馬でホステスだった。そうしたことから、小学五年の頃からイジメに遭い、それを跳ね返すために不良になった。喧嘩上等の日々だ。中学生活の大半は少年院で過ごした。

横須賀《よこすか》の院で人脈が広がり、卒業と同時に半グレ集団に入った。だが、その仲間たちとも次第にうまくいかなくなった。派手好きが多い上に、やたらと絆《きずな》を深めたがる半グレたちが鬱陶しくなったのだ。

澄夫は個人主義だった。

群れからいったん離れ、単身ホストになった。学歴もなく半グレ上がりの男がすぐさま金を得るにはホストぐらいしかなかったからだ。

これはこれで面倒くさい業界だったが、もともと所属していた半グレ集団という背景が、先輩たちを黙らせた。

稼いだ金の一部を、元の仲間たちが始める事業の投資へと回すことで、関係は円滑に回った。

自分は本能的に人たらしな部分があるのだと思う。五年でかなりの貯蓄が出来、勝手気ままにやれる仕事として闇の私書箱を立ち上げた。

ただしこの仕事は、退屈だった。

そんな仕事を三年続けている間に、別な依頼も受けるようになった。依頼者は

『奥村澄夫様』宛の手紙を送ってくるのだ。

ゴールドや闇金専門の強盗団から、路上で一時的にバッグを預かるような犯罪のサポートが多い。そのまま人混みに紛れて、どこかのロッカーに入れて、鍵を郵送する。ドラマのわき役のような仕事だ。だがこれは案外ドラマティックな仕事だ。

あとは、今回のような拉致監禁の依頼が多い。

澄夫は、人生の刺激を求めて、時々こんな仕事を受けるようになった。

今回の拉致監禁恫喝《どうかつ》には、多くの人物《キャスト》が参加しているようだが、澄夫は相棒となった将暉を含めて、誰も知らない。

新宿で詠美を囲んだ連中や、車を用意してこの倉庫まで運転してきた男のことも知らない。実際、途中からはミニバンの後部席のカーテンを閉めてしまい、自分は撮影することに集中していたので、どこを走ったかの記憶もない。

この倉庫の位置が一体どの辺なのかもはっきりしないのだ。

運転していた男は、三人を降ろすとすぐに引き返していった。中年の男だったような気がするが、それだけの役目だったのかも知れない。

迎えが来るまで、ここで詠美を犯し続けることになっていた。倉庫にはノートパソコンが一台あった。

自分のスマホが震えた。自分のとはいえ、闇サイトで仕入れた他人名義のスマホである。

依頼主からの電話だった。

「澄夫です。こちらは言われた通りの仕事はしていますが」

通り名で答える。自分の本名を知っているのは、いまや少年院時代の仲間だけだ。

『結果がどうあれ、報酬はきちんと払う。残りの仕事をやってくれ』

「わかりました。タイミングはすぐでいいですか？」

『一時間後に、先ほどとは別なドライバーが拾いに行く。次の地点に移れ。そこに食料もある。一日待機してくれ。次の連絡は、そこについてからだ』

東山の声はボイスチェンジャーで変換されている。

「わかりました」

『オプションの決行も頼みたい。一緒のほうがいいだろう』

「成功率は五十パーセントですが」

『承知のうえで頼んでいる』

電話はそれで切れた。

将暉はまた尻を振り始めている。

こいつをやるのが一番面倒だ。セックスしている瞬間を狙うしかないだろう。そんなことを考えながら、澄夫は眼を閉じた。ひと眠りし、頭をクリアにしておく必要がある。

きっかり一時間後に、迎えがやって来た。

「移動の命令だ」

さっきとは違うドライバーだった。

澄夫たち三人は目隠しをされて、車に移動させられた。一体全体ここがどこなのかは、最後までわからなかった。

ミニバンの中でも目隠しは解かれなかった。

「なにも見えない中で、指マンされるのも悪くないだろう」

この期に及んでも、将暉は詠美の股間を弄《いじ》り回していた。

到着した際に目隠しを外された。古いが造りがしっかりした広大なマンションだった。いわゆるヴィンテージマンション。

降車する際に東京タワーが見えた。角度からして、澄夫はここが赤坂《あかさか》ではないかと思った。

通された部屋には、重厚な調度品が配されていた。映画チャンネルで見る、昔の日本映画に出てくるセレブのマンションのような感じだった。

リビングのローテーブルの上に、重箱が三個置いてある。弁当のようだ。

「食事は、別の担当者が、定期的にドアの前に置くそうだ。どこにも出るなというのがボスからの伝言だ。俺の役目はそれだけだ」

移送係は出て行った。どこまでも分業制を好むボスだ。

2

「一昨日は大芝居だったわね」

三浦樹里が、扇子を叩きながら笑った。

「あんな大道具を動かせるのは、あなたぐらいしかいないから」

真子はオールを漕《こ》ぎながら、笑い返した。

千鳥ケ淵《ちどりがふち》の緑道には二百本以上の桜の木が並んでいる。水面には花が絨毯《じゅうたん》のように浮かんでいた。

「救急車を出せにはさすがに驚いたわ」

ボート上でふたりきりで会話をしていた。オールを引く瞬間、バストを突き出す格好になる。黒のパンツスーツのジャケットのボタンは開いている。花冷えの季節なので、シャツではなく黒のニットセーターを着ていた。

その迫《せ》り出したバストを凝視しながら樹里が言う。

「東京消防庁ばかりが救急車を持っているとは限らないのね」

樹里が仕立ててきた救急車は、厳密には介護専用車だった。

日本語学校の次は介護施設に手を出す気らしく、樹里は目下のところ、介護施設への東南アジア人技能研修生も多く斡旋《あっせん》している。

その施設の一台を回してくれたのだ。

乗るのをもっとも嫌ったのは都知事だったのは言うまでもない。

救急車に見立てた介護車はこっそり信濃町《しなのまち》の大学病院に入った。口の堅い大学病院である。

介護車を呼んだ時刻は午後九時四十分だが、都知事、真子、家政婦で、倒れたのは、午後八時三十分と口裏を合わせた。動画が送られてくる少し前に倒れたことにした。しばらくベッドで寝かせたが、都知事の意識が混濁しだしたので、介護車を呼んだことにした。

救急車では騒ぎが大きくなるからだと、言い訳した。

救急隊員に容態を確認されては困るからだ。

もっとも桜川に疲労による帯状疱疹が出来ていたのは事実で、静養が必要ではあった。だが、執務に支障があるかというと、まったくない。

三日だけ入ってもらうことにしたのだ。

そして、この直前に、真子は、都知事から特命を受けていた。

『戸田さんが拉致されたことは保秘よ。あなたが救出して。それに私の襲撃犯も……』

ことの重大さと陰湿さを一番感じているいるのは、都知事自身だ。

真子は、受けた。

おそらく、詠美を攫った犯人は、三日の間に何かしら反応してくるはずだ。

都庁の総務部には、詠美の一件は伝えていない。知事を休養させることが必要だと説得した。

上司の安西貴美子にも、詠美の所在が不明とだけ報告した。動画が送られてきたことには触れていない。

捜査一課が、詠美の行方を捜しているが、都庁を出た後にどこに消えたのかは、いまもって判明していない。捜査支援分析センター《SSBC》が、都庁から新宿駅、山手線内、原宿《はらじゅく》駅から表参道の骨董通りにある真子と待ち合わせていたバーまでの界隈にあるNシステム、防犯カメラの解析を行っているが、まだ詠美の姿は割り出せていない。

カメラ動画として拾えたのは、都庁を出た瞬間だけだった。その先の道は多くの帰宅サラリーマン、OLの群衆に紛れてしまい判別するのは困難であった。

新宿駅西口及び東口の界隈の防犯カメラ、構内、山手線ホーム、さらには地下鉄副都心線で明治神宮前駅に出た可能性もあるので、それぞれのホームのチェックもしているが、詠美の姿はまだ引き当てていない。

SSBCの担当官は、すべての解析には、まだ数日かかると言っている。捜査一課はタクシー会社への聞き込みもやっているが、反応はない。

捕らわれた事実は、真子と桜川と樹里しか知らない。家政婦がどこまで覗《のぞ》いていたかは別だが。

「東南アジア人を動かしている組織については何か分かったかしら？」

真子は空を見上げながら聞いた。

青空に桜が舞っている。

「王東建《ワントンケン》が、動き出しているという話を聞きこんできたわ。やばい相手よ」

樹里が、コンパクトミラーの蓋を開け、自分の顔を覗き込みながら言いだした。

「聞いたことのない名前ね」

「そうね。そちらの組対部《マルボウ》のリストにも載っていないと思う」

「何者なの？」

「平たく言えば、華僑《かきょう》マフィア。国籍は台湾《たいわん》だけど、日本生まれ日本育ち。だけど世界中にネットワークを持っている男よ。私のライバルでもあるわ」

「闇に隠れている男？　それとも表の顔もあるのかしら？」

華僑マフィアは、何かしらの商売をしているのが普通だ。

「王東建は、表向きは旅行代理店経営者。八年前まではオフィスは横浜の伊勢佐木《いせざき》町だったけれどいまは新橋《しんばし》の駅前。中国からの団体客の誘致で相当もうけたはずよ。インバウンド景気の一番恩恵を受けた人間」

「自分のことは棚に上げてよく言うわ。でも旅行業なら、去年から相当しんどいはずね。入国制限が厳しくて、再開の目途もたっていない」

真子はオールを漕ぐ手を止めた。

桜の花が浮く水面を、ボートが流れに身をまかせて揺蕩《たゆた》った。

「そこで、王は闇のホスクラを始めたのよ。帰国できずにいる中国人留学生に無許可で、ホストの仕事をさせている。私に喧嘩を売る気ね」

樹里の片眉が吊《つ》り上がった。

「なるほど。それで、樹里ママは、私に協力的なんだ」

真子は、そういうことかと膝を叩く代わりに、オールを手に取った。折り返し地点へと進み、ボートを半円形に進める。

「王なんて、潰してしまってよ。個人的に援助するわ。拳銃でも大砲でも用意するわよ。それとも薬物兵器のほうがいい？」

物騒なことを言う。もっとも樹里の言う薬物兵器とは、覚せい剤系のことで、細菌兵器ではない。

「頼もしいわね。場合によっては調達してもらうわ」

とくに薬物は、使い方によっては、拳銃よりも強い味方となる。

「闇のホスクラとはどんなやり方なの？」

「簡単よ。チャイナ好きな富裕層の女にウリをさせている。利口なのは、日本人の風俗嬢を相手していないところ。これ、ヤクザと揉《も》めるでしょう。だから、普通の日本人でホスクラに来ない層を狙っている。ホント頭に来るね。私のフィリピンボーイやベトナムボーイじゃ太刀打《たちう》ちできない層なのよ」

樹里が口を尖《とが》らせる。ボートが半回転し終えた。

「それってどんな富裕層なのよ」

真子は再び、オールを漕ぐ手を止めた。周囲に他のボートはいない。流れに任せた。

「中国に行って、男を買ったことのある層ね。財界夫人や政治家夫人が多い。駐在経験のある奥さんとか……　王は、民自党と繋《つな》がっているからね」

樹里が肩をすぼめ、照れ笑いをした。

告げ口をする女子高生のような表情だ。そうこれは告げ口なのだ。

樹里は暗に民自党の親中派が絡んでいると言いたいわけだ。

「危ない話になって来たわね」

「ゴー・トゥ・トラブルの臭いがプンプンね。あれ華僑マフィアの意向、結構あるね。私、そうみるよ」

さらに危ない話題になってきた。この女が、日本語のイントネーションを外国人風に変えるときはだいたい何かを企《たくら》んでいる。

「私を焚《た》き付けているんじゃないでしょうね」

樹里とて所詮は闇社会の住人だ。額面通りには受け取れない。

「とにかく、王に当たることね。必ず、どこかに尻尾《しっぽ》があるよ。頑張って真子ちゃん」

樹里が細い煙草《たばこ》を咥《くわ》えた。高そうなケリーバッグからダンヒルのライターを取り出し、火をつけた。

「公共の場での喫煙は条例違反なんだけど……千代田《ちよだ》区は罰金も取っている」

「真子ちゃん、きれいな空気ばかり吸っていると、免疫力が下がるわよ。警察はもっと悪に塗《まみ》れないと」

思い切り紫煙を吹きかけて来た。この女の本性を見る思いだ。

「王のホスクラの場所を教えて。どうせ一定の場所ではないのだろうけれど」

咽《む》せながら答えた。

「開催の情報を摑《つか》んだら伝えるわ。ねぇ、それより真子ちゃん、おっぱいぐらい触らせてくれてもいいでしょう」

咥えたばこで、樹里が手を伸ばしてきた。

真子は、オールを思い切り回転させて、船着き場へと急いだ。

3

千鳥ヶ淵に面した道路。

週刊実日《じつにち》の記者、沢村瞬《さわむらしゅん》は、黒の小型車の中から明田真子が、三浦樹里とボートに乗っているところを撮影し終え、警視庁の安西貴美子に電話を入れた。

「調査依頼された女の件ですがね、とんでもない奴と会っていましたよ」

『とんでもない奴？』

安西の声が返ってくる。

「フィリピン人の女実業家、三浦樹里ですよ。帰化しているので日本名になっています。六本木の裏社会じゃ結構名の知れた女です。警視庁の女と繫がっていたとは驚きですね」

沢村は、調べた情報を伝えた。

＊

沢村が安西貴美子と知り合ったのは、彼女の広報課時代のことだ。

当時、沢村は『実日新聞』の社会部におり、警視庁記者クラブ詰めであった。警視庁の広報官と事件記者が、親しくなったのには理由がある。

安西貴美子が地下鉄丸ノ内《まるのうち》線で痴漢されている現場に遭遇し、偶然助けてしまったのだ。

朝のラッシュ時間、痴漢マニアたちによる悪質な囲み痴漢だった。四ツ谷《よつや》と赤坂見附の間のことだった。ちょうど沢村も警視庁の記者クラブへ向かうために、同じ時間の電車に居合わせたわけだ。

背の高い男たちの隙間から、彼女の小顔は見えたので『安西さん、おはようございます』と声をかけたのだ。

そのときの安西の顔を、沢村は今でも鮮明に覚えている。せつなげに眉を寄せ、口を開けていたのだ。

声をかけると、男たちがすぐに囲いを解いて、赤坂見附で降車していった。一瞬のことだが、安西が慌ててスカートを引き下ろしているのを見てしまった。ナチュラルカラーのパンストの股間部分が破られ、シルバーのパンティが右に寄せられていた。

いや、そのように見えたと言った方が正確かも知れない。目撃した沢村も脳が混乱し、よくわからなかったのだ。

「ありがとう。助かったわ」という本人の言葉で、それが集団痴漢であることが判明したわけだ。ただし「見なかったことにして」と口止めされた。

警視庁職員として痴漢を見逃すのは悔しいが、その前に自分は女であり、キャリアであるとも言った。

要するに、面倒くさいことになりたくない、ということだ。

沢村は、協力することにした。記者としても張り込み取材にした方が面白いと思ったからだ。

安西は感謝し、その後、正式公表前の事件内容についてヒントをくれるようになった。

例えば『銀座の金春《こんぱる》通りが騒がしい』といった情報だ。急いで金春通りに行ってみると、パトカーが宝石店の前に集合していたりする。

何かと思い覗くと、金塊強盗の逮捕現場だった。偶然その場に居合わせない限り、記者は会見で事件の一部始終を知ることになる。

安西貴美子がくれるのは、あくまでもヒントだ。その微妙な関係が、むしろ信頼感を生んだ。沢村も、あえてスクープをくれとは言わなかった。

そういう関係になると、いつか大きなしっぺ返しをくらうものだ。

沢村は、その半年後、系列の実日新聞出版の『週刊実日』の特集班に異動になった。希望してのことだ。

ストレートニュースを扱う本紙よりも、じっくりとひとつのテーマを掘り下げられる週刊誌の調査報道のほうが性に合っていた。

さっそく集団痴漢の実態を探る特集を企画し、取材して歩いた。

痴漢サイトで情報交換をするマニアたちが、獲物を探し、ある日突然囲みをかけるという極悪非道なものであることが分かった。

まずは、毎日同じ時間に同じ車両に乗る女を探し出す。

できるだけ無防備そうで、かつ気の弱そうな女を特定するのだ。

最初に誰かひとりが、単独ソフトタッチを試み、大騒ぎをしないとわかれば、それをネットで伝える。次の誰かが手を挙げ、別な角度から、同じ女を触ってみる。今度は少し、リスクを取って時間をかけて触る。女の抵抗の度合いを探り、意見を書き込む。

それからひと月は、全員で観察するのだ。

ターゲットは、たいてい車輛《しゃりょう》を変える。だが、乗る時間は同じだ。警察の囮《おとり》ではないか、という点も詳しく観察する。

ほとぼりが冷めた頃に、一気に囲みを決行する。十人ぐらいのマニアが、それぞれ役割を決めて臨む。

獲物を周囲から見えなくする「幕」の役割をする者たち。

本人の背後から『殺すぞ』と脅しを囁《ささや》く者。左右からスカートを捲《めく》る者。パンストを下ろす係。指を入れる担当。

すべてが分業でなされ、その役割は順に変わる。総勢十名ほどでの挙行だが、直接、女の陰部を触れるのは、ワンゲームにつきふたりぐらいだ。

だが、必ず順番が回って来るので、それ以外の役割の際も忠実にその役をこなす。

途中で邪魔が入った場合は、一気に逃亡することになっているが、たとえ誰かが捕まっても、互いの素性は知らないので、芋づる式に上げられることはない。

それが痴漢マニアたちが作り上げたシステムだった。

沢村は、この痴漢の現場の撮影に成功し、記事にした。多少の抑止力になったと思う。

総務部広報課から警備部警護九課に異動になったと安西から、部下を見張ってくれと連絡が入ったのは、半年前からだ。

同じキャリアで、手の付けられない部下の粗探しをして欲しいということだ。女同士の嫉妬だろうと推測がついたが、引き受けた。安西が、今度はあからさまに刑事部の捜査一課や組対部の事件の裏取りに協力すると言ってきたからだ。

公安や要人警護の情報は出せないが、一般の刑事事件や反社絡みの事案の情報なら、ある程度は出せるということだった。

安西らしいのは、裏取りには協力するという言い方だ。

要するに聞かれたことには善処するということだ。週刊誌の特集担当としては、それで充分だった。

事実、関西の老舗任俠《しにせにんきょう》団体の抗争の裏取りなどには大いに役立つ情報を貰《もら》った。

＊

『やはり、そういう線で繋がっていたのね』

と安西貴美子は声を弾ませた。

「交流があるというだけで、まずいんじゃないんですかね。写真はばっちり撮ってありますよ」

部下の不始末はキャリアにとって致命傷になる。つい先日も晴海スターズでＳＰ

がひとり誤って転落死したという報道があったばかりだ。幸い、安西の直属の部下ではなかったので、沢村としても安心した次第だ。

『もう少し泳がせて。そして、ふたりの関係をもっと深く探ってちょうだい。明田がこの数日の間に、誰と会うのか。そしてそのフィリピン女の素性をもっと詳しく教えて』

安西はいつになく饒舌《じょうぜつ》だった。

「あの女が警護の穴になる可能性があるってことですね」

記者ならそのぐらいのことにすぐ気づく。

千鳥ヶ淵のボート乗り場から明田真子と三浦樹里が上がってきた。ふたりとも空を見上げ、桜吹雪を愛《め》でている。

安西はしばし沈黙した。

「図星のようですね」

沢村は突っ込んだ。

『ねぇ、沢村さん。この件で、警察を追い越そうなんてことは考えないでね。そしたらこの関係も終わるし、あなたは、国家権力から追われることになるのよ』

早口でまくし立ててくる。

明らかに動揺しているようだ。

「脅かさないで下さいよ。そんなつもりはないっすよ。俺なんか、一介の週刊誌記者だ。しかも社員ですよ。警察を敵に回す気なんてさらさらないですから」

とりあえず、そう答えた。

『だったら頼むわ。そちらが欲しい情報はありますか?』

柔らかいトーンに変わる。

『黒都組のフロント企業である金券屋の金回りがよくなっています。おかしいですよ。新幹線回数券や百貨店の商品券が大量に持ち込まれているようなんですが、どこから流れているか、裏取れませんかね』

いま追いかけている案件を出してみた。

「組対部に探りを入れておくわ。四課の黒都組担当がどこまで把握しているかわからないけれど、聞き込めたら、すぐに返すわ」

「わかりました」

電話はそれで切った。

沢村は、明田真子と三浦樹里の動きを追った。

ふたりは、待機していたレクサスのセダンに乗り込んだ。三浦樹里の経営する日本語学校の所有車だ。

4

内堀通りから靖国通りに入り、市ヶ谷方向に向かっていた。

「うざい車が追ってきているわね」

真子は後部席から、助手席のドライブレコーダーを掠《かす》め見た。黒のトヨタ・ヴィッツだ。間に二台の車を挟んでいるが、こちらの車がウインカーを右に上げると、ヴィッツもすぐに右にあげ、右折ラインに入る準備態勢を整えるので、丸わかりだ。

「ノアルのメンバーにしては、車が地味ね」

樹里は後部席のシートに深々と身体《からだ》を沈めながら、運転席を軽く爪先で蹴った。

若いフィリピーナのドライバーが頷《うなず》いた。胸のピンマイクに何かささやいている。

タガログ語なので、真子には意味不明だ。

「ノアルでも黒都組の人間じゃないと思う」

暴走族上がりの半グレは、尾行のためと言っても、あんな地味な車には乗りたがらない。極道ならなおさらだ。

「だったら、警察？」

樹里が細い煙草《たばこ》を取り出して、火をつけている。

「それも違うと思う、警察が警察官を張り込む場合はもっと大掛かりよ。最低五台ぐらいで周囲を固めてくるはずだし、バイクで、この車にGPSを貼り付けるぐらいのことも平気でやるわよ。でもいま追って来ているのはあの一台だけでしょう」

真子は、警察の操作方法を少し大げさに伝えてやった。悪党は、脅しておいた方がいい。

「では、フィリピンスタイルの逃亡方法を教えるわ。メイ、右に一回ウインカーに上げてから、すぐ左に寄って。次の信号を赤のタイミングで止めて」

「了解しました。お花屋さんの前ですね」

メイと言う名の女性ドライバーが、言うなり右にウインカーをあげた。

「そうよ」

樹里が頷く。

真子はドライブレコーダーに映る三台後方の黒のヴィッツが、すぐに右にウインカーをあげ、前輪をやや右に傾けたのを見て、笑った。

メイはすぐに左にウインカーを上げ直し、車線を変更した。間抜けな黒のヴィッツは、そのまま中央車線を進行しレクサスを追い越していく。

信号が赤になった。レクサスは横断歩道の前で停車した。

黒のヴィッツは、信号を越え、交差点の向こう側で、左に寄っていた。あからさまな恰好《かっこう》で停車していた。

「私、そこの花屋さんで、よくサンパギータを買うのよ」

歩道を挟んで生花店がある。サンパギータはフィリピンの国花。日本の桜のような存在だ。

花屋の軒先で、皺《しわ》だらけの顔のおっさんが手を振っている。エメラルドグリーンのエプロンと赤の野球帽が似合うおっさんだ。真横に自転車が立てかけてあった。

「あなたはあの自転車で、反対車線に回りなさい。小型車はすぐにUターン出来ないわ。私がちょっとイジメておくから」

「よい案ね」

真子は後部席の扉を開けて、花屋に飛び出した。

おっさんが自転車を指さしている。ピンクとイエローのツートンの自転車だ。

「乗り捨てて構わないよ」

おっさんがさらに顔をくしゃくしゃにして言う。

「サラマッポ《ありがとう》」

自転車を受け取り、横断歩道をめざした。歩行者用の信号はまだ点滅していない。

それでも急いだ。自転車を手でひいたまま、反対側の車線に回り、渡り終えたところで、陽気な柄の自転車に跨《また》がり、靖国神社方向へと必死で漕いだ。黒のヴィッツの運転席の男は、さぞかし焦っているに違いない。

真子はすぐに左折し、三輪田《みわだ》学園の脇を抜け、外堀通りへと出た。新見附の交差点だ。

そこでタクシーを拾い直した。

「歌舞伎町へ」

いったん家に帰るつもりであったが、不吉な予感がした。

さきほど、樹里には、警察内部の監視方法について、つい口走ってしまったが、それは自身が感じていることであった。

都知事に寄り過ぎているからだ。

自分でもわかっていた。

しかもその都知事が現在、永田町や霞が関から快く思われていないことも承知している。それはイコール警察庁の意志とも通じてくる。

これ以上、桜川響子の人気が上がり、国政の中枢に接近してくるのは、困る──官邸も民自党内の主流派もそう考えているはずだ。

だが桜川は、本能的に大衆受けする手を次々に打って出ている。財界、大企業を敵に回しても、都民の支持がある以上、闘い続けられると踏んでいるわけだ。

党内力学で権力の中枢に駒を進める国会議員と、直接選挙で選出された都知事とでは、民意の反映させ方がおのずと違ってくる。

桜川の政策は、ある意味、空気を読んでの行き当たりばったりで、真子も決して、桜川の政策に共鳴しているわけではない。

だが、正論に近いという点では同意できる。そして理想主義の野党党首などよりも確実に実行力があった。

現在、最も政権を煽《あお》っているのは、間違いなく桜川響子だ。結果的に、利権屋政治家どもの業界癒着政治にストップをかけている。

あくまでも結果的にであるが。

五年前の就任直後から、政策的に危険な賭けをし続ける桜川には、敵が多く、警護担当としては気が抜けなかった。

いつか、三日前のようなテロ事件が起こるのではないかと、真子は警戒していたのだ。

ひとつだけ共鳴できるのは、あの女は常に勝負に出ているということだ。

そもそも党内同意を取らずして、『崖から飛び降りる覚悟』で都知事選に打って出てきた女だ。

肝は据わっている。

その後も、築地《つきじ》市場の跡地問題、豊洲《とよす》の安全確認で国と揉め、新型コロナウイルス対策でも、ゴー・トゥ・トラベルの停止、緊急事態宣言の発出を強く国に迫るなど、押しに押しまくっている。

それでも一定の保守層の支持を得ているのは、彼女が決してリベラルではないからだ。

その政治手法とは無関係に、真子は、桜川響子がSP冥利に尽きるマルタイだと思っている。

時には喝采を送りたくなることもある。

とりあえず、いまは『護《まも》りたいおばさん』なのだ。

そう思い、桜川響子に寄り添っているが、警視庁の上層部及び警察庁は、それを快く思っていない節がある。

――私を外す。

あり得ることだ。

晴海スターズでの乃坂の殉職については、今後責任を追及されるだろう。その前に素行調査をされることも十分考えられる。

キャリアの立場にありながら、前例主義にとらわれないのは、自分の性分だ。誰かが、勇気を奮って変えなきゃ、慣習ばかりがまかり通る。

ここは自分も腹を括《くく》ろう。

都知事を襲い、その担当SPを拉致し、脅迫動画を送ってきた。

これは、極道や半グレの仕業とは思えない。もっと深い闇の底から誰かが手を伸ばしてきているのだ。

華僑マフィアの犯行は充分考えられた。

桜川の度重なる夜の街へのプレッシャーは、彼らの利権を大きく奪った可能性がある。

王東建とやらを、直接刺激してやるのも手だ。

5

歌舞伎町のど真ん中にあるゴジラのいるシティホテルで仮眠を取り、深夜になるのを待った。

ぐっすり眠るために、真子はオナニーをしようと思ったが、窓からゴジラが覗いているディスプレーがあったので、止めた。

ゴジラを発情させたくはない。

この街では、深夜の二時にチェックインする客もざらにいるが、深夜の三時にチェックアウトする客も多い。

今夜の真子がそうだった。

一時間前に、王東建のグループが今夜開いている闇ホストクラブの場所が分かった。なるほどと思う場所であった。

町は閑散としていたが、そこかしこに熱気が残っている。

自粛ムードが続いていることもあり、ほとんどの店が遅くとも午後十時には閉店しているが、それは表向きのこと。シャッターを降ろした後で、特定の客だけを相手に商売を続けている店も多い。

歌舞伎町、特に花道通りから区役所通りにかけての界隈からは、そんな裏営業の店が放つ微熱のようなものがほとばしっていた。

真子は、その花道通りを、尻ポケットに手を突っ込んだまま歩いた。今夜はほんの少し暖かい。夜風が生ぬるく感じられた。

区役所通りに近づくにつれ、ホストの巨大な顔を掲げたビルが増えてくる。

通称ホスクラ街だ。

築五十年クラスのビルばかりが並んでいる。いずれのビルも外観だけはリフォームが繰り返されているようで、華やかさは保たれているが、厚化粧の年配ホステスのようにも見えた。

ホストの巨大顔写真のライトもいまは消されていた。暗闇に不気味に浮かぶホストの顔写真は、夢を売るというよりも、地獄への案内人に見えた。

彼らの手練手管に落ちて、ビルから飛び降りた女がどれほどいるのだろうと思うと寒気がする。

風林会館の手前で左に曲がった。

歌舞伎町二丁目。ラブホ街である。

一丁目の華やかさに比べ、そのほとんどがラブホテルの二丁目は、昼夜を問わずひっそりとしている。あちこちから湯と石鹸《せっけん》の匂いが漂い、湿度が高く感じるのも、こうした町の特徴であった。

そのラブホテルはホスクラ街から二筋ほど、大久保《おおくぼ》に寄ったあたりにあった。

『ホテル満開楼』。

コンクリート造りながら、和風旅館のデザインだ。周囲は黒板塀が張り巡らされている。下町の落語家の家のようでもある。

真子は、尻ポケットに両手を突っ込んだまま、電柱に寄りかかり、五分ほどホテルの入口を眺めていた。

扉が開き、男女が出て来た。

泊りの時間帯のはずだが、早々に引き上げる客もいるのだろうかと思ったが、さにあらず、男はツーブロックのヘアスタイルで、モスグリーンの光る素材のスーツを着ていた。堅気のサラリーマンが着るような色ではない。

バリバリのホストスタイルだ。顔はよく見えないが、顔は平板そうだった。

その胸に女がしなだれかかっている。花柄のスリップワンピ一枚の格好だ。名残《なごり》惜しそうに、スーツの上からホストの乳首のあたりを撫《な》でまわしている。

「気を付けて帰ってね」

日本語がほんの少し上擦っている。母国語ではないようだ。ホストは言いながら女の栗《くり》毛色の頭を撫でだが、その眼は遠くを見つめていた。百メートル先、別な女がたっている。次の客のようだ。

「送ってくれないの？」

女はホストの股間にも手を伸ばした。

「美香《みか》さん、もうすぐ日の出だよ。早朝営業の準備でしょう。早く行った方がいいね。僕は少し寝ないといけないから」

ホストが腰を引いた。

女は、日の出とともに営業を開始するソープランドのお湯嬢らしい。

「来週もここ？」

「わからない。僕らは、表だって働けないから、先生の指示に従うだけ。旅行社か王さんのレストランに聞いて。また会いたいのは、僕も同じ」

闇就業のチャイナホストだ。

「わかった。来週また私に射精《だす》まで、放出しちゃだめよ。ちゃんと百万《いっぽん》つくってくるから」

女はもう一度、ホストの股間をぎゅっと握って、ようやく身体を離した。

「気を付けて」

ホストは手を振っている。おそらく角を曲がるまでは手を振り続けるはずだ。

ソープ嬢と思《おぼ》しき二十歳ぐらいの女が電信柱の前を通過していく。色白のキュートな顔立ちだ。真子は声をかけた。

「ブスはさっさとお帰り。太陽《タイヤン》は、私がちゃんと面倒を見ているんだから」

「あんた誰だよ。太陽ってなによ。あいつは成龍《センロン》じゃん」

ソープ嬢はコメカミに青筋を立てた。かわいらしい顔が一気に般若の形相となる。

「あなたにはそう騙《かた》っていたのね。金だけの関係の女にはそういうって言っていたもの」

焚きつけた。

「成龍、この女なによ」

ソープ嬢が、ラブホの方を振り返り叫ぶ。

すかさず真子も叫んだ。

「こんなブスに突っ込んだなんて信じられない。棹《さお》が溶けちゃうわよ」

百メートル先で待っている女にも聞こえるような声で言ってやる。案の定、女はいきなりこちらに向かって駆け出してきた。

赤のビニールレザーのショートパンツにぴちぴちのTシャツを着た背の高い女だった。赤毛だ。

ホストは驚いて目を剝《む》いている。ラブホのエントランスに向かって何か早口で言っている。中国語だ。

まず美香という女が、ホストに向かって走り出した。真子は、一瞬、間を置いた。背後から赤毛の女が追い付いてきた。二十代後半。酒臭い。

「あんた成龍のなによ」

ホストに嵌《はま》っている女は怖い。いきなりナイフを突き出してきた。SPにとってはゆっくりな動きに見えた。

真子は右に身体を躱《かわ》して、女の手首に手刀を放った。

「うっ」

ナイフが暁の空に飛ぶ。

「私は、あいつの女房よ」

とことん焚きつける。

「そんなばかな。エースは私なんだから」

推しのホストにもっとも貢いだ女がエースと呼ばれる。歌舞伎町の中堅ホスクラのナンバーワンのエースになるには、月平均八百万は必要とされている。

最初は二時間三千円ぽっきりで入店した、寂しがり屋の女子大生や好奇心旺盛なOLも、ひと月後には、十万単位のシャンパンを開けるようになり、付近の風俗店に落ちていくようになる。

「だったら、太陽にきいてみなよ。まぁ正直には答えないだろうけどね」

赤毛の女もラブホに向かった。

男が通うキャバクラと、ホスクラは根本的に違うのだ。キャバクラが接客業で、稀《まれ》に色恋営業があるのに対して、ホスクラは最初から枕営業を視野に入れている。セックスのテクニックもAV男優張りの腕の持ち主が揃《そろ》っているという。

闇営業のチャイナホストとなれば、そのあたりも伝授されているはずだ。

ホテル満開楼の正面は修羅場と化した。

ソープ嬢が、成龍に飛び掛かり、顔を平手で打っていた。

赤毛の女が、ソープ嬢の背中に蹴りを入れていた。ホストは、無抵抗だ。それも仕事のうちだという風に、にやけている。

玄関から数人の男たちが飛び出してきた。

ホスト風ではない。ダンスユニットのような格好だ。黒革のジャンパー、チェック柄のジャケット。それぞれワイドパンツを穿《は》いている。

おそらくチャイナマフィア。男たちは鉄パイプを握っていた。

「おい女、何、ふざけたこと言ってんだ。ホストを傷ものにしたら、一億、二億じゃすまねえぞ」

日本語が滑らかだ。在日中国人だろう。

「うるさいわね。成龍は、私と結婚するって言ったんだから。パスポートを買い取るお金、私が払ったでしょう」

赤毛の女がチャイナマフィアの男のひとりに唾を吐いた。瞬間的に正拳が赤毛の女の鼻梁《びりょう》を突いた。

「うわっ」

血飛沫《ちしぶき》を上げて女が、アスファルトに頽《くずお》れた。

「傷害現行犯」

真子は叫び、地を蹴った。非番のSPでも逮捕権はある。というか逮捕は一般人でも出来るのだ。

日頃は防衛のみの立場だから、ストレスが溜《た》まっていた。たまには、こっちから攻撃を仕掛けたい。

警察手帳を一瞬だけ掲げ、チャイナマフィアの群れに飛び込んでいく。

「嘘《うそ》だろ。なんで刑事がいる？」

黒革のタイトなジャンパーにだぶついたブルージーンズの男が、首を傾《かし》げて鉄パイプを突き出した。ガムを嚙《か》んでいるようだ。レタスのようなふわふわ頭だ。

「そんなのフカシに決まっていますよ。金に行き詰まった女が、実は刑事ですって、よく言うっすよ」

隣で正円形のサングラスの男が言った。こいつは金髪のオールバックだった。

「だよな」

黒革ジャンパーの男が、いきなり鉄パイプを振った。真子は見切っていたが、あえてバックステップを踏まず、肩をわずかに動かした。

右肩に、鉄パイプの尖端《せんたん》が当たる。激痛が走った。

「公務執行妨害《コウボウ》の現行犯もついたわね」

真子は、思い切り左足を蹴り上げた。ローファーの爪先が、黒革のジャンパーの股間に見事にヒットする。ぐにゃりと睾丸《こうがん》が歪《ゆが》む感触があった。

逮捕術に卑怯《ひきょう》はない。一撃で倒せるポイントならば、どこでも狙う。

「うっ」

黒革のジャンパー男が、股間を押さえ、その場にしゃがみこんだ。呆気《あっけ》にとられた顔をしている。

「舐めやがって。てめぇ刑事だろうが、自衛隊だろうが丸裸にして輪姦《まわ》してやるぜ。あとは上海《シャンハイ》で一生娼婦《しょうふ》として過ごさせてやる！」

金髪サングラス男が、青龍刀《せいりゅうとう》を抜いた。

「上等よ」

真子は飛んだ。膝を畳みそのままサングラスのブリッジへと叩き落とす。瞬息だった。キャリアだが、SPのバッジを付けている以上、ひととおりの武闘訓練は受けている。個人レッスンを受けているキックボクシングの真空飛び膝蹴りは、得意中の得意だ。

「ぐわっ」

サングラスが割れた。顔を血だらけにした金髪男の眼は、想像以上につぶらだったので笑いそうになった。

都合のいいことに、ホテル満開楼の中から、チャイナマフィアやホストがさらに数人出てきた。やはり全員鉄パイプを持っていた。

踏み込む理由が出来た。刑法二〇八条の二だ。

「凶器集合準備罪で全員逮捕する」

たったひとりで来ているが、大声を張り上げた。そしてこんな時は出来るだけ大きな音を出すに限る。これまた得意の警笛を咥えて吹く。

暁のラブホ街に、大江戸捕物帳ばりの笛の音が轟《とどろ》く。パトカーがやって来るまで五分と見た。

「はいはい、みんなそこを動かないで！」

真子は、ホテル満開楼に踏み込んだ。

さらに警笛を吹きならす。

各部屋の扉が開いて、ホストや客の女が飛び出してくる。かろうじて、下半身にバスタオルを巻いたり、シャツを羽織っている男女もいるが、大半が真っ裸で飛び出してきた。

まさに現代の陰間《かげま》茶屋だ。

真子を避け、玄関から飛び出していった連中はあえて放っておく。目的は売春防止ではない。主催者への威嚇だ。

エレベーターが降りて来て、今度は金属バットを持った連中が、五人ほど固まって降りてきた。

いずれもダンスパフォーマーやクラブＤＪのようないで立ちだ。ゴールドのネックレスやブレスレットを幾重にも巻いているので、やたらと音がする。

間合い一メートル。

先頭のタータンチェックのブルゾンにベージュのワイドパンツ姿の男が、金属バットを振り上げた。

身体を屈《かが》めたとたんに、その背後の男が、パチンコ玉を数十個まとめて投げつけてきた。

頭頂部に激痛が走った。真子は完全に切れた。

「ふざけないで！」

身体を屈めたまま、ジャンプした。金属バットの男の股間に頭突きをかます。

頭頂部対睾丸。

「ぐぇ」

いきなり背中に、熱いものが垂れてきた。吐瀉物《としゃぶつ》だ。男はそのままもんどりうった。背後に続いていた男たちもドミノのように崩れた。

「あんたら、下っ端に用はないのよ。王東建は、どこにいるのよ」

叫ぶと男たちの眼に、動揺の色が浮かんだ。その名前が出るとは思っていなかったようだ。

「誰だよ、それ。逮捕するならしろよ」

パチンコ玉を投げつけてきた男が、立ち上がりながら言った。逮捕された方がマシだと思っているらしい。

「ここ仕切っているの、王でしょう！」

ダメを押した。

と、そのとき、電気が消えた。

誰かがブレーカーを落としたようだ。ホテル満開楼のロビーは暗闇になった。続いて、一階通路の奥から白煙が上がってくる。ごうごうと押し寄せてきた。一瞬にして闇が白煙に包まれる。

「火事よ！　火事っ」

中年の女が叫びながら飛び出してくる。けたたましく非常ベルの音が轟いた。

白煙の奥は闇。何も見えない。

真子は、跳ね飛ばされ、背中を何度も踏みつけられた。

「違う。これは火災煙じゃないわ。発煙筒よ」

匂いでわかった。

テロリストが逃亡の際によく使う手だ。追手のパトカーや白バイを文字通り煙に巻くために大量の発煙筒を撒《ま》くのだ。

だが、マフィアもホストも女客も狂乱したまま逃げ出して行った。

すぐに土砂降りに見舞われる。煙に反応してスプリンクラーが散水をはじめたのだ。

「最低！」

唇を嚙み、玄関に向かうため自分も廊下を這《は》った。

もう一度、背中と頭を思い切り踏まれた。額を床にぶつけ、脳内に火花が飛んだ。

「くっ」

辛うじて頭をもたげ、いま踏んでいった足の方を見上げた。女の靴だった。そのまま視線を上げる。白煙の中に微《かす》かに横顔が見えた。ホテルの前に到着した車のヘッドライトが、女の横顔を映していた。

見覚えのある顔だ。だが誰かはっきり思い出せない。

いまは自分もこの場から飛び出す方が先決のようだ。

前の通りに出ると、人だかりができている。サイレンの音が接近してきていた。

所轄の警察官が来たら面倒なことになるだけだ。

真子は、人込みに紛れて、その場から離れた。花道通り方面には引き返さずに、大久保方面に逃げた。

深追いは不要だ。王を揺さぶることが出来ればそれでいいのだ。

〈警察がお前に手を伸ばしたぞ〉

その痕跡は充分に残せたと思う。

職安通りに出て、タクシーを拾ったところで、スマホが鳴った。

液晶に「どM警視正」という文字が浮かんでいる。課長の安西貴美子だ。

「はい、明田です」

『あなた、いまどこ？』

「自宅です」

タクシードライバーが怪訝《けげん》な顔をした。

『赤坂三丁目で戸田が保護されたわ。男と一緒にべろべろに酔っぱらって、路地で寝ていたのよ。交通課の巡査がたまたま発見したけど戸田は意識不明。男はすでに死亡《ホトケ》よ。あなたすぐに麻布西署に行って』

なんてこった。

タクシードライバーに警察手帳を提示し、六本木に急行してもらうことにした。

第四章　ラウンド・ミッドナイト

1

花沢将暉は、いまどきめったに見ないスプリング式のベッドの上で腕を伸ばしてみた。

総身が痛む。

「ううっ」

思わず唸った。

クスリが退いたせいで、痛覚も正常にもどってしまったということだ。MDMA《タマ》をキメていなければ、完全に気を失っていただろう。

ここは六本木の廃墟《はいきょ》ビルの四階。誰にも知られていない、将暉の隠れ処《が》だ。

それにしても、ボスも悪趣味だ。

澄夫にも俺を殺《や》れと言っていたとは、もはや変態の領域だ。

三時間前のことだ。

いきなり澄夫に襲撃されたのだ。移送された赤坂のマンションでのことだ。

殺されるところだった。

思わずいまは安堵《あんど》のため息が漏れる。

無理な動きをしてあちこち痛む筋肉を摩《さす》りながら、将暉は、三時間前のことを回想した。

＊

まだ隙を見せたままがいいと思い将暉はせっせと詠美とセックスに励んでいた。

ＭＤＭＡ効果で、何度射精しても性欲が回復してしまう状態だったので、演技の必要はなかった。

あえて背中を見せ続けることで、澄夫を油断させておくのがいい。

攫《さら》った女をいたぶるのが自分の役目で、澄夫は撮影と都知事への恐喝担当と聞かされていたが、あいつも相当喧嘩《けんか》には慣れているはずだと予見していた。

そうでなければ、ボスがこんな大事な局面に呼ぶわけがないし、わざわざ俺に処分を命ずることもないはずだ。

優男《やさおとこ》に見えるが、眼は獰猛《どうもう》だった。

下手《へた》を打てば、こちらも相当苦しめられる。出来るだけ、隙を見せて相手を安心させておいた方がいい。

そう思って澄夫に背中を見せ、セックスをやりまくっていた。詠美にもガンガンMDMAを食わせていたので、彼女も正気ではなかった。白目を剝《む》きっぱなしの女とやるのは、快感だった。

そんな時だ。澄夫が立ち上がる気配を感じた。

微《かす》かに殺気を感じたが、長いこと中東やアジアで傭兵《ようへい》をやっていたために、これを錯覚だと思ったのだ。平和ニッポンだ。そんなに神経質になることもない、と。

不覚にも油断を突かれた。

まず最初に後頭部にガツンと衝撃をくらった。

何が起こったのか、咄嗟《とっさ》には判断できなかった。自分の下で、詠美が歓喜の声をあげたので、余計に訳が分からなくなった。

その分、対応が遅れてしまった。

澄夫もやはり喧嘩はなれていたようだ。将暉が振り向く前に、バーボンボトルネックを突っ込んできた。尻穴に、だ。

穴に激痛が走った。燃えるような痛みだ。

続いて、どくどくとバーボンが流し込まれた。

「わっ」

と呻《うめ》かされた。

一気に直腸にアルコール度数四十度のＩＷハーパーが流れ込んできたのだから無理もない。

胃袋がきゅんと窄《すぼ》まり、視覚が光の洪水に襲われた。

血中アルコール濃度が一気に上昇し、身体が沸騰したような気分になる。熱く息苦しい。

吐き気を催した。

将暉は喉に指を突っ込み、むりやり吐瀉《としゃ》したが、それでもしばらくの間、喚《わめ》きながら床を転げまわらなければならなかった。

真っ裸で、しかも勃起したまま、壁やソファやローテーブルに身体《からだ》のあちこちを強く打ちつけた。

だが、そんな痛みは、内臓と皮膚と食道と肛門《こうもん》の燃えるような熱さに比べれば、どうってことはない。

このまま悶《もだ》え死ぬのだと覚悟した。

澄夫は、俺がのたうち回っている間に、詠美の尻にも、ボトルを突っ込んでいた。リビングの棚にあったブランデーボトルだ。

「あぁああっ、いいっ、うわっ」

尻からヘネシーV．S．O．Pを逆噴射された詠美は、しどろもどろの声をあげていた。すぐに灰色の胃液を吐き上げ、腹を抱えて床を転げまわった。

アルコール浣腸《かんちょう》とは考えたものだ。口から一時に酒を飲ませても、急性アルコール中毒を引き起こすには、通常三十分はかかる。

だが直腸にダイレクトにぶち込まれたら、一分で狂う。生き残って中東に戻ったら、拷問にこれを使うことにしたい。

悶え苦しみながらも、将暉は自分のリュックの中にあったメタンフェタミンをワンパケ取った。

セロファンを犬歯《けんし》で嚙《か》み切り、粉を一気に舐《な》めた。下手をすればショック死するが、ここはじっとしていても死を待つだけだ。

麻酔を打つつもりで飲んだ。

総身が痙攣《けいれん》を起こした。

死ぬな、と思った瞬間、頭がスーッと醒《さ》めた。覚醒作用で、痛覚が失われたようだった。喉からは相変わらず、胃液が噴き上げてくる。だが苦しくはない。麻酔を打たれて内視鏡を飲んでいるようなものだ。

クスリは同時に恐怖感をも消してくれる。

将暉は、床に片膝を突き、澄夫を見据えた。澄夫が首を傾《かし》げた。なぜだ、という顔だ。将暉が笑った。澄夫の方が恐怖に頬を歪《ゆが》め、後じさりしだす。

「てめぇ、ふざけんじゃねぇぞ」

将暉は床を蹴った。

身体が大きく浮いたような気がした。頭が天井を突くのではないかというほどの跳躍だった。

「まてっ」

澄夫が両腕をクロスさせ、顔面を覆った。その動きがスローモーションに見える。これも覚醒効果だ。腹部ががら空きになっていた。

「アルコールを入れる前に、腹の中をがら空きにしてやるよ」

膝頭を澄夫の腹部に打ち込んだ。

「うぷっ」

澄夫の口からなにかが放物線に飛ぶ。灰色の液体だった。

着地と同時に、胸を正拳で突いた。顔を狙わなかったのは、暴行の証拠を如実に残したくなかったからだ。胸なら、自分で叩《たた》くこともある。

「はうっ」

澄夫は眼を見開いた。咳《せ》き込み、その場に頽《くずお》れる。さらに肩を蹴り、床に転がす。

棚からウイスキーボトルを取る。澄夫は腹を押さえたまま、痙攣していた。

「いいやり方を教えてくれたな。ずいぶん残忍な奴《やつ》らと仕事をしてきたが、さすがにこんな下品な手は見たことがなかった」

将暉は、腹ばいになっている澄夫のズボンを引き下ろした。トランクスごと下げる。男の割に、白い尻だった。

「くっ」

澄夫が口をきつく歯を食いしばっているのがわかる。

サントリー山崎の十二年物のボトルネックを、肛門に挿し込んだ。

「ぎゃぁああ」

澄夫が絶叫した。男色はないようだ。狂乱の声をあげている。

さらに、ボトルの底を叩いて、ネックを奥底へと押し込む。

「すきっ腹にウイスキーは効くだろうよ」

同時に、サントリー山崎の十二年物がドクドクと流れ込んでいった。

「あぁあああああああ」

十秒で、澄夫はのたうちはじめた。真っ赤な顔で、身体を折り曲げている。不細工なブレイクダンスを見ているようだ。

次第に動きが小さくなった。

詠美の方を見やると、すでに動きが止まり、腹ばいになったままだ。

将暉は、ふーっと息を吐き、リュックからスマホを抜いた。ボスに発信する。

「MHです」

イニシアルで伝える。

「おまえが勝ったか。スマホの番号を見るのを楽しみにしていたんだ」

ボスのだみ声が聞こえた。

「ひょっとして、澄夫に俺をやれと命じていたんですか」

まずは確認した。

「どちらか生存能力の高いほうしかいらんからな。このご時世だ。刺客にもリストラはある」

「とんでもないリストラ方法ですね」

皮肉のひとつも言いたくなる。

「チャンスはどちらにもあった。実力で次の仕事を取ったんだからいいじゃないか。そのたびに報酬はでかくなるんだから」

「今回の分はすぐに放り込んでもらえますか。すこし身を隠したい。出来れば、速攻受け取れる場所にしてほしいんですが」

「明日の午前中には近場に入れておく」

それで電話が切れた。

五分後に、新たな男がやって来て、澄夫と詠美の身柄を引き取っていった。

*

どんどん痛み出す。

しょうがないので、注射器《ポンプ》を取り出した。

ガラス板の上で、メタンフェタミンの粉を水で溶かして、静脈に打ちこんだ。すっと痛みが引いていく。

明日、金を拾ったら、しばらくクルーザーを借り上げて、海上で暮らす。安心して眠れる場所は地上にはない。

2

麻布西署に到着した時に、ちょうど陽《ひ》が昇り始めた。

歓楽街の朝は決して爽やかではない。夜の人工的な光では、隠されていた醜悪な部分がくっきりと浮かび上がるからだ。

溢《あふ》れ出るゴミ箱。路面のあちこちに拡《ひろ》がる前夜の吐瀉物。飲んだくれてシャッターに寄りかかったまま寝ている黒服姿の男。

日の出の時刻の六本木にはそんな光景が広がっている。不思議なことに、その猥《わい》雑《ざつ》な光景が八時近くになると、一変する。

颯爽《さっそう》としたビジネスマンやOLが押しよせ、町はビジネス街の色を取り戻す。

それが快楽に特化した歌舞伎町との違いだった。

「戸田ならたったいま中野《なかの》に運ばれちまったぜ。ここにいるのはホトケだけだ。ふたりが行き倒れていた現場付近で、たまたま追突事故があった。それで事故現場に臨場した交通課が発見したんだ。それがなかったら、戸田も凍死していただろう」

真子がロビーに駆け込むと、中央に無精髭《ひげ》を生やした警視庁組織犯罪対策部六課の松坂慎吾が立っていた。同期だ。

何故この男がいる。

「組六《くみろく》がお出ましとは穏やかではないわね」

六課は、極道の内部へ潜入したり、拠点となる場所を襲撃して叩き壊す特攻班だ。ディフェンス部門の警護課とは対極にある警視庁の非公式攻撃部門だ。

「先週、知事の襲撃情報をまわしてやったじゃないか。そうつっけんどんな言い方をするな」

松坂は、自分と似ているところがある。

キャリアなのに現場が好きで、なおかつ同一部門にずっといる。通常キャリアは二年単位で、職場を転々とし、双六《すごろく》のように、上を目指していくのだが、お互い出世双六では、ほとんど『一回休み』ばかり続けているようなものだ。

現場が性に合っているのだ。

「情報には感謝しているわ。でもこれって、六課がでてくるような事案なの？」

「俺もまだ、よくわかっていないのさ。ただ、場合によっては、組対六課の出番になるかも知れん」

松坂は淡々と言っているが、その意味は重い。

「死んでいたのはそっち系の人物ってこと？」

それ以外にこの男がやって来る必然性がないのだが、とりあえず聞いた。

「結果的にそうだった」

松坂はあやふやな言い方をした。

「結果的にとはどういうことよ？」

真子は突っ込んだ。初動段階では、知らなかったということだ。交通事故と酔っ払いの行き倒れ、わざわざ警視庁《ホンテン》の組対部《マルボウ》が出張《でば》ってくる事案ではない。

「実をいうと、公安《ハム》があわただしいと部下から連絡があった。それで、その部下にハム部屋から飛び出していった刑事の尾行を命じたんだ。そしたらこの現場にたどりついた。まさかＳＰと反社の便利屋が、重なり合っていたとはな。ハムがなぜこの現場に来たのか興味があってな。いずれアケマンが飛んでくるだろうと待っていた」

「なるほど。そういうことね」

マルボウとハムは、常に定点監視を重点を置いている部門であるが、本来は、暴力団体と左翼活動団体と、それぞれマトが違っていた。

だが近年、そのボーダーラインがなくなってきたのだ。

外国マフィアがテロ集団とコラボしているケースが増えたからだ。そして、松坂の所属する六課は、秘密裡《り》にそのアジトや集合場所を破壊してしまうことがある。

公安の動きに注視するのはそのためだ。

逆に、公安も外国マフィアを専門とする組対二課や特攻担当の六課を見張っているのではあるが。

公安の目的はどこにある？　第一にそれが気になったが、すぐに言葉にはしなかった。

「戸田は、何を探っていたんだ？」

松坂が声を尖《とが》らせた。

「その前に、ホトケについて聞かせて。もう調べがついているんでしょう」

真子も声を張った。ロビーに声が響き渡る。松坂が、渋い顔をして話し始めた。

「指紋照合の結果、前科《まえ》があった。新宿東署の少年係に記録が残っていた。前科と言っても少年院《ネンショウ》あがりだ。それで素性がわかった、名前は奥村ロハス」

「洒落《しゃれ》た名前ね。本名？」

「フィリピン系日本人さ。娑婆《しゃば》に戻ってからはホスト。その後の足取りはいまうちの四課が調べている。いずれどこかの半グレか組と繋《つな》がってくるだろうよ。身元引受人の方は、所轄が探しているところだ」

「そんな男が、どうして詠美と？」

真子は遠くを見やった。自分でも整理がつかない。

「おいおいアケマン、それはこっちが聞きたい話だぜ。戸田がロハスに接触したのはどういうことだ？　公安絡みじゃねぇのか？」

松坂が眼を大きく見開いた。公安とSPで、特定のターゲットを追っていたと見立てているらしい。どちらも警備畑ということもあるが、深読みのし過ぎだ。

だが、この勘違いを利用しない手はない。

「まずはホトケを拝みたいけど」

真子は、あえて間を置いた。

松坂が所轄の警察官に「おいっ」と声をかけ、地下の霊安室に案内させた。

ホトケを載せた簡易ベッドの上に線香が供えられていた。生存していれば重要参考人だが、死亡しているのだから行路《こうろ》病死者ということになる。

真子は手を合わせ、十秒ほど黙禱《もくとう》した。

白い布を捲《めく》って仏の顔を覗《のぞ》くと、きれいなものだった。暴力を振るわれた形跡はない。

「検視官の見立てては急性アルコール中毒。それと凍死の合わせ技らしい」

ホストに多い死亡例だ。歌舞伎町では月に五回はホスクラ街に救急車が出動している。

「路地までは生きていたということね」

「所轄《ここ》の地域課がすでに、付近のコンビニの防犯カメラ映像を拾ってきている。ふたりはもう一組の男女と共に、通りを歩いていた。俺が転写しておいた」

松坂がスマホをタップして画像を出した。証拠映像をスマホで撮影したようだ。モノクロの画像はややわかりづらい。だが右から二人目が詠美であることは間違いなかった。その真横が、目のまえのホトケだ。

詠美の横に女、仏の横に男が付いており、ふらつく二人を抱えながら歩いている。場所は赤坂二丁目。外堀通りと外苑東通りの間。一ツ木通りを二百メートルほど乃木坂寄りに超えたあたりだ。

「左右にいる男女は何者？」

真子は、顎をしゃくった。

「不明だ。所轄が、赤坂から六本木界隈《かいわい》の飲み屋に聞き込みをかけているだろうが、もう、ほとんどの店が閉まっている。仮に従業員が残っていても、へべれけな連中ばかりだ。動画を見せても埒《らち》が明かんさ」

松坂がため息をつき、白布をロハスの顔に戻した。

「ホントに飲んでいたとは思えないんだけど」

真子は額に手を当てた。

「特別な任務につかせていたわけじゃないんだな？」

松坂の眼が光った。そこを聞きたかったらしい。

「組対六課《そちら》と違って、潜入捜査なんてないわよ。それにLSPは、基本的に非番でもひとりで飲みに出るということはしないことになっている」

真子は、部下たちに厳しい規律を課している。ただし同僚同士の飲みは奨励している。男女問わずだ。

詠美は、四課の庵野幸彦と恋仲のはずだ。しっぽりやっていることは知っている。

「なるほど。ならロハスなんかと知り合うはずはないな」

松坂の眼がほんの少し泳いだ。カンニングをした高校生のような眼だ。そこを真子は見逃さなかった。

「このホトケが事故死だと思っていないようね」

「まあな。ケツからウイスキーを浣腸されたようだ。それなら一発でアルコール中毒を起こす。ほら、掘られたように広がっている」

松坂が、仏の身体に掛かっていた毛布を剝がし、裸体を無造作にひっくり返した。尻穴が爛《ただ》れていた。

真子は無言で顔を振った。

「浣腸して、死ぬ前に連れ出して、路地に捨てた。そこまでは酔って歩いているように見せかけたというのは、俺の仮説だ。ちょっと頭のいい極道なら考えつくことだ」

「なるほど。左右の男女は、役者ってこと」

「防犯カメラに映ることを想定して、演技させたんだろう。だったら、このふたりに関して聞き込みをしても、この界隈《かいわい》に知っている奴はいないだろうな」

「そりゃ、縁もゆかりもない人間を使うわよねぇ」

と言いながらふと気になり聞いた。

「詠美もお尻から？」

今度は松坂が無言で頷いた。いったい何が起こっている。いやな汗が背中を伝った。

「中野まで付き合って」

「そのつもりだ。彼女は意識不明とのことだがね。アケマンと一緒なら、俺も面会が叶《かな》う」

松坂が不敵な笑いをうかべた。

「ねぇ、松坂君、ユー、私とつるめる？」

真子は、切り出した。ここはディフェンス部門ではない部門の力を借りたいところだ

「警察学校時代から告白されたら、受けるつもりでいた」

「そっちからは、告げるつもりはなかったということね」

「俺はアケマンほど、冒険主義者じゃない。場当たり的なことはしない性分だ」

殊勝な顔で言う。大嘘《うそ》つきだ。

「わかったわ。力を貸して」

「美女に頼まれると断れない」

この男は、三十年前のハードボイルド小説のようなセリフを平気で吐く。

中野までは、松坂の自車《くるま》に乗せてもらった。シルバーの中型ベンツだ。警察官僚にしてはなかなかの冒険だと思う。ほとんどの警察官の自家用車は国産車だ。パトカーもトヨタと日産が半々だ。

中野の警察病院まで、三十分で着いた。外来はまだ開いていないので通用口から入る。

「戸田警護官は、集中治療室にいます。まだ意識は戻っていませんので」

夜勤の看護師が案内してくれた。五十がらみの女性看護師だが、身体を揺すってゴスペルを歌うとサマになりそうな体格だ。ネームプレートに草野《くさの》とあった。

通路を進むと、味噌汁《みそしる》やご飯の匂いが漂ってくる。入院患者用の朝食だろう。すきっ腹にはとてもいい匂いだ。

「相当やばい状態ですか？」

朝餉《あさげ》の匂いを嗅ぎながら、尋ねた。

「先生は、乗り越えるだろうと言っています。心肺の数値は回復してきています」

「ありがとうございます。何とか生かしてください」

「もちろん、私たちはそのつもりで頑張っています。ただ、お話はまだ無理ですよ」

振り返った草野看護師が、厳しい顔になった。

「わかっています」

真子は頭を下げた。いまは無事を確認できればそれでいい。救急科の階に上がった。ナースステーションのすぐ脇にある集中治療室の前に進む。

詠美はガラス窓の向こう側で、酸素呼吸器を付けたまま眼を閉じている。眉間にしわを寄せたままだ。

手足には拘束具を付けられていた。

「おとなしく寝ているように見えますが、拘束していないとだめなんですか」

松坂が聞いた。真子の想いを代弁してくれたのだ。

「覚せい剤とブランデーで脳が混濁しているらしく、突如暴れるんです。いまは睡眠導入剤《ミンザイ》が効いてますけど、覚醒すると、錯乱してチューブなどを取ってしまう可能性がありますから。可哀《かわい》そうですが拘束具を付けるしかないんです」

看護師はすまなさそうな顔をした。

「警視庁の方ですか？」

白衣を羽織った医師がやって来た。担当医のようだ。四十歳ぐらい。黒縁眼鏡をかけた背の高い男だった。『DR奥山信義《ドクターおくやまのぶよし》』とネームプレートにある。

医師がそばに来ると看護師はすぐに引き下がった。

「お世話になります。戸田はどんな具合でしょう？」

「アルコールと覚せい剤は、相性が悪いんですよ。よほど打ち慣れていないと、かなりバッドに出てしまいます。たぶん相当悪い夢を見ていると思いますよ。おそらく初めてでしょうからね」

「回復しますよね」

「吐くだけ吐いたし、漏らすだけ漏らした。薬もアルコールもじきに抜けますよ。SPさんだけあって、基礎体力があったようですし」

医師は苦笑いをした。

「相当、お手間を取らせたようで、申し訳ありません」

真子は礼を言った。

「吐きながら、なにか、言ってませんでしたかね？」

松坂が、伸び気味の頭髪を掻《か》きながら無遠慮に聞いた。

「私が、なんでこんなに飲んだんだと聞いたら『飲んだんじゃないです、ぶちこまれたんです』と泣きながら言っていましたね。極道とテロリストにやられたとか。ただし患者は完全にてんぱっていた状態なので、悪い夢を見たままだったんだと思いますよ」

奥山が淡々と答えてくれた。

「アルコールはやはり後ろから？」

真子は自分のヒップを指さした。

「その通りです」

奥山が真子の腰に視線を下げた。振って見せようかと思ったが止めた。

「どのぐらいで、意識は戻りますか」

松坂が冷静に聞いた。

「五時間後ぐらいですかね。起きて暴れなかったら、五分程度の聴取を許可します。水分補給のためにいまから点滴を打ちますから」

奥山は、そう言ってナースステーションに声をかけに行った。

「なら昼過ぎまで、私たちも仮眠しましょう。近くのラブホでも行く？」

真子は唇を舐めて見せた。

「付き合ってやってもいい」

松坂が生唾を飲む音が聞こえてきた。

「バーカ。ひとりで車の中で、扱《しご》いていなさいよ。私は、勝手に寝てくるわ。四時間半後にこの場に再集合」

男をからかうのは愉快だ。真子は踵《きびす》を返して、エレベーターに向かった。

3

異変の知らせを受けたのは、二時間後だった。

真子は、ひとりで大久保通り沿いのビジネスホテルにいた。デイユースを利用したのだ。最近は、リモートワークの浸透で、日中にビジネスホテルを利用するビジネスマンが多いらしい。

真子は、違ったことをしていた。ひとりエッチだ。

混乱した脳を一回鎮めるには、自慰が一番いい。少なくとも真子はそう思っている。

スカートスーツを脱いで、ブラとパンティだけになり、やっていた。ブラはまぁまぁのサイズの双乳の上にまで持ち上げ、パンティは右の太腿《ふともも》にだけひっかけていた。

「いいいっ、凄《すご》くいいいっ」

イメージしていたのは、好みの年上俳優に秘所を舐められているシーンだった。

「うはっ、もっときつくして」

左手の人差し指で秘孔をピストンしながら、右手の人差し指と中指で淫核を摩擦していた。

「くっ」

もうじき絶頂だ。

そう感じた瞬間だった。

スマホがけたたましい音を立てたのだ。

「ちっ」

枕元に置いていたスマホの液晶を覗く。『どM警視正』と浮かんでいた。安西貴美子のことだ。

無視して、淫核摩擦に没頭し直す。

「ああ、昇《い》く」

真子は快楽の極点を前に弓なりになった。この姿だけは誰にも見られたくないものだ。

ぐっと来た。快楽の神が、天から舞い降り始めた。

またスマホが鳴った。

の液晶が、いやでも目に入った。

無理やり昇ってしまおうと肉芽を強く押した。思わず、顔を横に向けた。スマホ
「うぅうう」

『マルボウキング』

松坂の符牒《ふちょう》だ。無精髭《ひげ》の顔が浮かぶ。

「いやっ」

さすがにあいつの顔をイメージして、昇天したくはない。快楽が一気に遠くへと逃げていく。真子は項垂《うなだ》れ、M字に立てていた両脚を、すとんと下ろした。

電話に出る。

「三分前に戸田が息を引き取った」

「なんですって」

真っ裸で聞く話ではない。真子はスマホを耳に当てながら、ブラをきちんと被《かぶ》せ、パンティを穿《は》いた。我ながら情けない動きだ。

「眠ったままの状態で心肺停止だ。ストンと呼吸が止まったそうだ。医者が懸命に心臓を叩いたが、戻らなかった……俺は、救急病棟でうたた寝していたんだが、急に騒がしくなった。覗いたときにはもう、医者が首を振っていた」

「そんなバカな。主治医も五時間で起きるって言っていたじゃない！」

話しながらブラウスを着た。

　通話中に安西貴美子からもコールがあった。本来は先に出ねばならない相手だが、無視して松坂の話を聞く。

「ＭＤＭＡの摂取量が見立てよりも多かったようだな。ショック死はありえるんだ。俺は半グレの連中が、クラブでタマを決めすぎて突然死した例をいくつも見ている」

　正確な死因は司法解剖をしなければわからないだろう。

「いまからそっちへ行く」

　真子が電話を切り、大急ぎでスカートを穿いた。

　ホテルを飛び出しタクシーを捕まえ行先を告げる。

　午前九時を少し回ったところだった。

　同時に安西からも電話が入った。

「あなた、病院にいないの⁉」

「います」

　真子は即答した。警察病院まで、あと五分はかかるが、前倒しで告げた。現状を説明するのが面倒くさい。タクシーの運転手が頷き、アクセルを踏み込んだ。

「あなた、戸田に何か命じていたの？」

安西の声は甲高かった。確認したいことはわかっている。この電話は録音されているのだ。

「いえ、連絡が取れなくなっていたので」

そう報告していたのだからやむを得ない。その連絡した電話も録音されているはずだから、矛盾は作れない。

「だったら、個人的な事故死ね。すぐに、奥山医師に、その旨の死亡診断書を書いてもらって、午前十一時までに出庁して」

乃坂に続いて殉職ではまずいのだ。安西だけではなく、警備部長の立場も危うくなる。

「司法解剖の後ではいけませんか？　一緒にいたのは、闇社会の人間だそうですよ」

真子は食い下がった。

都知事を脅迫するために人質にされたことは、誰にも知らせていないことだ。松坂にさえ漏らしていない。

そのことを知っているのは真子と都知事本人だけだ。

「司法解剖の必要はないわ。私的な飲酒で起こったことよ。そうでしょ。一緒にいた男の背景を調べるのは組対部の仕事よ。あなたはすぐに戻って報告書をあげてちょうだい。部下の管理不行き届きについては、相応の処分が出るわよ」

「承知しました」

処分は怖くない。だが、詠美の仇《かたき》は取らねば気が済まない。

警察病院に到着するまでの間、真子は桜川響子に長いメールを打った。

4

正面に乃坂守の遺影が飾られ、周囲は白菊の花で覆われていた。

警視庁の講堂で殉職した乃坂守のお別れ会が、執り行われていた。

パイプ椅子を並べた講堂には約八百人の警察官と職員が着席していた。これでも密をさけた人数だそうだ。

真子はこうした会に初めて出席した。

遺影に対して敬礼、黙禱の後、総監、大岡武郎《おおおかたけろう》の弔辞が、講堂に響いた。

「……警視庁として、法治国家として、テロを絶対に許すことは出来ない。乃坂守警視正の死を悼《いた》むとともに、二度とこのようなテロを許してはならない……」

警部だった乃坂は二階級特進し、警視正の階級を送られていた。乃坂は国家公務員一般職であったが、生きていれば、いずれ実力で手に入れられた階級のはずだ。

明田真子は、立場上、最前列で総監の弔辞を聞いていた。

左隣に安西貴美子が座っている。

まだ処分の内容は決定されていないが、午後から人事一課の監察室に出頭するように命じられている。

所轄への転属はほぼ確定だろう。問題は、どの署のどんな部署へ出されるか、ということだ。

警視庁管轄の重要署の風俗担当《エロたん》あたりならば、多少の温情があるというものだが、郊外署の地域係や交通係も充分覚悟しなければならない。

いずれにせよ最低二年はその地で、頑張るしかない。

そんなことよりも、乃坂の殉職に対して詠美の死が、個人の病死で片づけられていることが不満だった。

だがいまは、総監の声に、耳を傾けた。

「今回の都知事襲撃において実行犯は死亡したが、捜査終了にはしない」

総監が唐突に言い出した。

講堂にさざ波のような小さなどよめきが起こった。

刑事部も組織犯罪部も、一件落着にしたのではないのか。

隣に座る安西の息を飲む音が聞こえた。動揺しているようだ。課長としては、ここで一旦区切りを付けてしまいたいところだったはずだ。捜査継続となれば、部下が殉職してしまったことや実行犯を生け捕りに出来なかった警護九課の失点が、蒸し返されることになる。

課長としては、針の筵《むしろ》に座らされている状態が続くというものだ。

総監の声が大きくなった。真子は見上げた。

「刑事部捜査一課と組織犯罪対策部四課は、準暴力団の『ノアル』とその母体である『黒都組』を再度洗い直しするように。それも徹底的にだ。またそのほかの部署も、全力をあげて本件をサポートすることを、総監である私からお願いする」

総監の大岡武郎が深々と頭を下げた。

「弔い合戦だ」

「乃坂の仇を取るぞ」

そんな声が飛んだ。主に捜査一課《ソウイチ》と組対《マルボウ》の刑事が着席している辺りからだ。もとより『桜田門一家』の意識の強い刑事たちだ。

大岡総監が下がると、司会の総務部長の内《うち》田《だ》忠助《ただすけ》が立った。

同時に遺影の前に焼香のための長机が並べられた。一度に十人が焼香できるようだ。

「総監から焼香をお願いします」

内田が厳かにいう。

総監が進み、手を合わせ焼香をする。

「続いて桜川都知事、お進みください」

真子は驚いた。最前列の脇にある扉が開き、喪服を着た桜川響子が、やや猫背気味の独特な歩き方で進んできたのだ。

なるほど、総監が突然捜査続行の宣言を出したのは、桜川が要請したからに違いない。

桜川は遺影に手を合わせ、深々と礼をした。十秒はそうしていた。

自分を護《まも》ろうとして殺害された乃坂に対して、桜川はきちんと敬意を表しているのだ。

焼香を済ませると、まっすぐ総監の方へ向かい、その脇に腰を下ろした。きつく口を結び、凛《りん》としていた。総監よりも総監らしく見えるおばさんだ。

続いて副総監が立ち上がるのかと思いきや、扉からもうひとり女性が出てきた。すらりとして背の高い美形の女性だ。真子は再び驚愕《きょうがく》した。

見覚えのある顔だった。

新宿のラブホ『ホテル満開楼』で逃げるように出ていった女だ。既視感を持ったのを覚えている。

「どなたでしたっけ？」

真子は小声で安西に聞いた。

「観光庁の小中美也子《こなかみやこ》長官。警護要請がないので、対象に入っていないけれど、乃坂警視正が国土交通相の遠山廉太郎《とおやまれんたろう》氏を担当していたことから、代理で焼香に来たんだと思う」

「そうですか」

観光庁は国交省の外局で、長官は国交省の局長、審議官クラスが務める。かつての国交省観光局が、インバウンド行政を強化するために独立した庁であるからだ。

文科省における文化庁長官、スポーツ庁長官は、たびたび外部からのスペシャリストを登用しているのに対して、観光庁長官はそのほとんどを省内登用で済ませている。

警視庁に専任ＳＰの要請がないのはそのためであろう。観光庁長官にＳＰを付けると局長クラスにも要請しなければならないということになる。横並びを尊ぶ霞が関ならではの判断基準だ。

小中美也子が、焼香台へと進んでいく。真子はその横顔を凝視した。

あの場所にいた女に間違いない。

澄ました顔してホスト買いとは、笑わせてくれる。

ふと思った。

王東建の主催する闇のチャイナホスクラに、女性観光庁長官。

ひょっとしたら、襲撃事件のヒントがどこかに隠されているのかも知れない。真子は振り返り組対部の連中が座っている辺りを見やった。

六課の松坂の顔があった。松坂も小中美也子の姿をじっと見つめていた。

勝負はここからだ。

第五章　闇夜の反撃

1

「いったい、どういうことでしょう？」

安西貴美子は、突然、太腿《ふともも》を撫《な》でられ動揺した。触っているのは人事一課の秋元雄介ではない。都知事だ。しかも公用車の後部席で、だ。

「だって戸田さんが病死して、アケマンちゃんは、監察の聴取で当面付けないっていうじゃない。だったらあなたに護ってもらうしかないじゃない」

乃坂守のお別れ会が終了し桜川が都庁へ戻ることになった間際、いきなり総監官房室の副室長から、同行するように命じられたのだ。

「恥ずかしながら、警護計画の立案は致しますが、警護技術は持ち合わせておりません」

キャリアはいわば参謀である。必ずしも兵士の能力が備わっているわけではない。貴美子は正直この申し出に、驚きよりも戦慄を覚えた。今度は、自分自身がテロのマトにかけられるかもしれないからだ。

「だったら、いまから訓練を受けたらどうなの？」

桜川が、いきなり貴美子のナチュラルカラーのパンストの上から膝頭を撫でてきた。ゾクリとさせられる。

なにこれ？

美貌の政治家と謳《うた》われながら、独身を貫いている女傑である。公表はされていないが、女色があっても不思議ではない。

ちょっと待って、と心の中で呟《つぶや》くが、声にはならない。

「……知事、それでは、とても間に合わないかと」

股間の疼《うず》きを、必死で堪《こら》えながら、答えた。

貴美子に女色の気《け》はないが、桜川の触り方は、あまりにも絶妙なのだ。膝頭から、皮膚を柔らかな羽で、すっと逆なでされたような感触だ。貴美子は胸底で、小さく呻《うめ》き、下着の股布がぐずぐずになるのを感じた。

「護《まも》ってくれなきゃ困るわ」

だしぬけに右のバストをむんずと握られた。女性としては比較的な大きな手のひらで、ぎゅっときつく握り締めてくる。

「あっ、あの知事……」

貴美子はうろたえた。

明らかなパワハラ、セクハラであるが、都知事の表情は真剣そのもので、手を振り払うことも、言い返すこともためらわれた。

酸いも甘いも知った剛腕政治家の凄《すご》みとはまさにこのことであろう。

「あなたが出来ないのなら、アケマンを今すぐ、復帰させて」

都知事に睨《にら》みつけられ、バストにさらに五指を食いこまされた。

「しかし私の一存では……」

アケマンの件は、すでに人事一課の手に委ねられており、所属長といえども、もはや口を挟むことは出来ない。それ以前に、戸田詠美の死で、自分の進退もかなり極まっている。もはや減給ではすまされまい。セフレの人事一課の秋元雄介がどう対処してくれるかにかかっているが、この二日、いくら連絡しても『ちょっと待って』との返信ばかりだ。

「あなたも苦しい立場にあるのはわかっているわ。私が何とかしてあげる。こういう時は、長官と総監、どっちに通した方がいいの」

右のバストへの握力を、ほんの少し緩めてくれた。

「えっ？」

貴美子は聞き直した。

「討論している暇はないのよ」

「それは警察庁長官の方が権限は上ということになりますが」

「錦戸《にしきど》敦彦《あつひこ》長官ね」

「はい。そうです」

都知事の親指が、バストの頂上を押している。ブラウスの上からだが、ブラジャーがぐっと押されて、乳首を陥没させせられた。貴美子は思わず身を捩《よじ》った。

「実はね。アケマンには個人的に警護を依頼したいと思っているの。だから、いっそ警視庁を退職してもらってもいいのよ。だけどその場合、警視庁への警護要請は、中止するわ。適任者を排除されたという理由でね」

親指に力が籠《こも》った。物凄い力だ。貴美子のレーズン大の敏感乳首が、乳房の奥底にまで埋め込まれてしまった。

「あぁあ」

さすがに喘《あえ》ぎ声をあげた。その声を聞いたのか、公用車の運転手がちらりとルームミラーに視線を走らせたがすぐに正面に戻した。助手席の第二秘書は、タブレットをタップし続けているままだ。

どちらも三十代半ばに見えるが、かなりなイケメンだ。

「あなた、官僚でしょう、こういう場合の最もいい手立てを教えて」

知事の左手が、左右の太腿を押し分けて、スカートの奥へと入ってきた。発情臭を嗅がれはしないかと、焦った。だが、左右の太腿をいくら寄せても、知事の人差し指は前進してくる。

乳房は首を絞めるような握り方。

股間に向かって向けられた人差し指は銃口のようだ。

同性にこんなことをされたのは初めてだったが、興奮した。自分のどこかに、被虐願望があるのだろう。

「あっ、ふはっ」

茂みが盛り上がっているはずの土手を撫でられ、ついに声をあげさせられた。

「どうすればアケマンを、私の担当に戻せるかしら。政敵も多く、夜の街の住民たちの恨みを買っている私にとってはアケマンのような、組織の論理に捕らわれないSPが必要なのよ。忖度《そんたく》しろとは言わないけれど、考えて欲しいわね」

指がすっと土手の下に潜りこんできた。ぬちゃっ、と女の泥濘《ぬかるみ》の音がした。欧米人がカモンカモンとやるような指の動きで、秘裂を擽《くすぐ》られた。とても気持ちがいい。

と、あげくに陰唇の合わせ目を、ぐいと押された。淫核が一気に凹《へこ》む。

「あっ」

貴美子は、のけぞり、首に筋を浮かべた。昇天してしまいそうだ。

「あ、じゃないでしょう。打開策を教えてといっているのよ」

都知事の指が奔放に踊る。下着越しというのが余計に発情を誘うのだ。

「くはっ。都庁に出向させるのがベストかと」

貴美子は、尻をもぞもぞと揺らし、上擦った声で伝えた。

警視庁には警視庁なりの慣習がある。それは霞が関の前例主義と基本的に変わらない。

SPを殺したテロリストを生け捕りに出来ず、自害を許し、さらに直属の部下が、闇社会に属する人物と共に泥酔の上、病死してしまったのだ。

その警護ミスと監督不行き届き。その責任は重い。

警視庁内で、そのまま同じ部門に居座り続けることは、過去の例から見て不可能だ。自分も含めてだが、もはや異動は免れない。

懲罰的な異動の手段としてあり得るのが出向だ。警視庁から、出てもらう。

貴美子はつづけた。

「ただし栄転的な意味合いでは困るのです。都庁の名もなき部署に飛ばされた、この印象が大事です。都庁でどうお使いになろうが自由ですが、見た目の印象だけは左遷というのが望ましいのです……あっ……そこは……」

　都知事の人差し指が、パンストの上からとはいえ、探り当てた秘孔を押してきた。パンティの股布の内側が、ヌルっと秘孔に潜りこんでくる。

「くはっ」

　ピストンもされていないのに、そのひと突きだけで、貴美子は果てた。見知らぬ男に痴漢されて、昇天したときと同じ感覚だった。

どＭの性《さが》だ。それを隠したいがために虚勢を張っている自分がいる。パンティの中はもうびしょびしょだった。

　タヌキ顔の都知事がにやりと笑った。

「だったら都庁の警備室ってどぉ？　アケマンが制服着て、展望台とかを見張っている様子って、自慰ネタにならない？」

「それ、私も見たいです。あぁあああっ」

　パンストを破られた。桜川響子の指が、股布を脇に寄せて、ヌルっと秘孔に入り込んできた。

「それで、長官と話を付けるわ。あなた、今日中に根回ししてね」

「あっ、はいっ、あぁああ」

猛烈な指ピストンを食らいながらも、貴美子は必死で声を押さえた。それが、余計に気持ちを高ぶらせるからだ。

「あの、知事、明田にもこのようなことを？」

それならばアケマンを重宝してきた訳が分かる。そういう関係だったのだ、と腑《ふ》に落ちるのだ。同時に嫉妬の感情も生まれたが……。

「手を出した瞬間に、アケマンは私の頬を張ったのよ。まいったわね。それで私、痺《しび》れちゃったのよ」

「都知事を平手打ちにしたと」

貴美子は興奮した。バイオレンスに弱い。

「それだけじゃないわ。警棒で私のお尻を思い切り打ったの。『二度とこんな真似《まね》はするな。私は男好きだ！』って叫びながらね」

「とんでもない女ですね」

「で、アケマンが教えてくれたのよ。課長の安西貴美子なら、たぶん股開くって。ホントだったわね。私、実は股を開かない方の女を信用することにしているの」

言うなり都知事は指を抜いてしまった。ハンカチを出して湯気を出している指先を拭いている。

これ以上の屈辱はない。

いつかアケマンだけではなく、絶対にこの女にも復讐《ふくしゅう》してやる。貴美子は、怒りに打ち震えながらも、太腿をすり合わせた。昇天しなれば、悶《もだ》え死んでしまいそうなのだ。

早く降車して、個室に飛び込み自慰をせねば。

2

「都議会の傍聴席に近ごろ人相の悪い連中がたむろするようになったので、うちにお呼びがかかったようだ。これで堂々とアケマンとタッグが組める」

組対六課の松坂が、にやりと笑った。六本木にある東京ミッドタウンのレストランだ。

都議選まで、残り三か月を切っている。

「その人相の悪い連中の素性は、晴海スターズに乗り込んできたノアルとか黒都組だったわけね」

真子は赤ワインを一口飲んだ。

テラス席の真向いに桜並木がライトアップされていた。いまがまさに散り時だった。雪のように乱舞している。

「そういうことだ。都議会議事堂に付けられている防犯カメラをうちの四課が解析した結果、ノアルのメンバーがほとんどだった」

「指定暴力団の黒都組の組員では、三人並んで議場を見下ろしていただけでも威力業務妨害になるものね」

それほど本職と半グレは立場が違う。これでは成り上がりの半グレが町を好き放題にしてしまっても仕方がないということだ。

そうした意味では、自前の半グレを組織した黒都組は賢い。

「やつらの狙いは簡単さ。東京一番党の議員たちの威嚇だ」

「なるほど」

真子は頷《うなず》き、キッシュロレーヌをフォークで口に運ぶ。

東京一番党は、四年前に桜川響子が党首となって組織した地域政党だ。もともと民自党の衆議院議員で閣僚も務めたが、前政権の長期化から、次第に出番を失いつつあった。前総理は、自分よりも年長の桜川よりも、自身が育成した若手女性議員を閣僚に登用し始めたからだ。

女性閣僚の世代交代ともいえた。

マスコミの取材もあらたな女性閣僚、女性実力者たちに集中した。

自身の存在が政界において風化してしまうことを恐れた桜川は、前任の都知事が公金の使途における不透明さを指摘され辞任すると、民自党の党内議論を経ずにいきなり立候補を宣言した。

目立ちがり屋、桜川響子の面目躍如《めんもくやくじょ》である。

だが、これが民自党の政権中枢や、都議たちの激怒をかった。もちろん桜川は、そんなことは織り込み済みだったはずだ。

久しぶりに弁舌爽やかな桜川をテレビで見た都民は拍手喝采した。女性躍進の先駆者のひとりであることを、都民も国民も思い出したのである。

ヒステリックを売り物にせねばならない野党の女性政治家よりも、抑制のきいたトーンで語る姿や保守的なスタンスは、有権者にある種の安心感を与え、三百六十万票という圧倒的支持で当選を果たした。

当選と同時に、民自党とは融和するとマスコミは見ていた。元キャスターでタレント的な要素も持つ桜川響子だが、一方でプロの保守政治家であるからだ。

だが、桜川は、自身を潰そうとした民自党に嚙《か》みつき続けた。

中央市場の豊洲移転について、待ったをかけ、東京五輪選手村へのアクセスをよくするために道路計画のあった築地市場跡地を多目的公園へと変更させた。

ここに政権与党や財界の利権構造の大きな狂いが生じる。

最前線にいた民自党都議たちが、一斉に反論に出た。

これに桜川は敢然《かんぜん》と立ち向かうのだ。

そして都知事になった瞬間から専属SPになった真子だが、翌年、この桜川響子という女の本当の凄みを知ることになる。

東京一番党の立ち上げだ。

民自党に頼らない、都議会与党を組織するために、自らが新党を興したのだ。

勝負師だと思った。

そこがパフォーマンス重視の並のタレント議員と違うところだ。そして桜川は見事に勝利した。

都議候補者を公募し、政治塾を開講したところがミソだ。受講料はそのまま政党資金となり、その模様はマスコミによって拡散された。

公募も政治塾も選挙運動のPR効果となったのだ。

二十代、三十代の若い人材が、この塾で学び、当選を果たした。もっともそれは、風もあった。

作家出身の老獪《ろうかい》な知事の長期政権の後、金に絡むスキャンダルによって、ふたりの知事がつづけて任期途中で、降板した直後の都知事選である。

バリバリの保守政治家なのに野党的なクリーンなイメージの桜川に、都民は力を持たせようとしたわけだ。

東京一番党が与党になって間もなく四年が過ぎようとしている。この間、桜川は国政に進出しようとし、惨敗している。

国民は、そこまでお人よしではなかったわけだ。

ここで桜川への追い風も途切れたかに見えた。真子の見る限り、桜川も淡々と職務をこなしていた。徐々に宿敵だった民自党とも融和しはじめ、いずれ復帰するのではないかとマスコミにも噂《うわさ》されていた。

桜川はそれほど機を見るに敏な政治家といえる。

「東京一番党に、七月の選挙でも過半数を取られたら、たまらないという連中がたくさんいる。正論だけで、都政を動かされたらたまらないからさ」

松坂が、大きくため息をついた。

「所詮、素人《しろうと》集団と侮っていたくせにね」

老獪な民自党都議たちにしてみれば、政治塾でにわか仕立てに学んだ手法など通用しないと見込んでいた。

選挙で、追い風が二度続くことはめったにない。

落選中の民自党都議たちは、本年の都議選での復帰を目指し、この四年間、東京一番党に対するネガティブキャンペーンを張り続けている。

『政治のプロの民自党。アマチュアの東京一番党』という差別化を徹底し、都民に都政のプロ化を訴えているのだ。

いわく一年生議員ばかりの素人都議たちに、東京を任せていていいのか、という問いかけである。

徐々にそのキャペーンは功を奏し始めていた。

保育所や高齢者施設の認可などを求める事業主、あるいは建築会社などが、癒着出来ていたベテラン議員の落選により、陳情先を失い、ストレスがたまりはじめていたのだ。

地元選出の都議が、子供や孫の世代のような連中ばかりになった。寿司《すし》でも食いながら、なぁなぁになり、都に認可を降ろすように働きかけてもらっていたのが、いまは七面倒くさい未来像などを伝えなければならない。

東京一番党はクリーンを標榜《ひょうぼう》しているので癒着がほとんどできない。そのため、陳情者たちは野党立共党のベテラン議員に、関連部署の局長クラスに口利きを頼むようになっていた。

東京一番党は事実、大学のサークルのような面もあり、必ずしも現実的な対処が出来ているわけではなかった。

一年前は、次期都議選で東京一番党は惨敗するだろうという見方が圧倒的だった。

だが、そこに吹き荒れたのが新型コロナウイルスの感染拡大という、前代未聞の国難であった。

感染拡大の封じ込め優先か。

はたまた社会経済活動を優先させるべきか。

どちらを優先させるべきか、政権も自治体も右往左往した。世論は二分されていたのだ。

そんなとき、いち早く感染拡大の封じ込めを優先策としたのが、桜川響子である。

たぶん、女の直感だったと思う。

真逆を選択した国と徹底的に争った。桜川はある意味で、どSである。仮想敵を作りそれをとことん叩く。

第一波では、パチンコ店を叩き、第二波では夜の街、中でもホストクラブを標的にした。第三波では政権中枢をマトにかけた。ゴー・トゥ・トラベルの中止、緊急事態宣言の発出まで追い込んだのだ。

たいした度胸である。

異論も多いが、結果は、現総理の不人気に拍車をかけることになった。

混乱から勝機を見出《みいだ》す。これこそが桜川の手法である。コロナ対策で、桜川は毎日マスコミの注目を浴びることになる。

それを機に、東京一番党のクリーン論も、再び脚光を浴び始める。夜の街の営業に対する罰則なども、いかにも主婦向けだ。

「一期だけなら、下野《げや》しても我慢できたが、二期八年、東京一番党に与党の座を保たれてしまっては、利権そのものが、東京一番党に移動してしまう可能性が高くなる。民自党にとってはたまらんよね」

松坂はウエイターにむかって手を挙げ、そろそろ仔牛《こうし》カツレツを二人分持ってくるように催促した。

柔らかくておいしいカツレツだ。真子はグラスに残った赤ワインを一気に飲み干して言った。

「しかも、四年前よりはるかに弱い政権だから、国政選挙でも民自党の足元を掬《すく》ってくるかもしれないしね」

あの女ならやる。勝機があると見込んだら、絶対に衆議院選に候補者を用意してくる。一度負けているので、前回以上に入念に選挙対策を練っているはずだ。なんとしてでも、日本初の女性総理大臣として、この国の歴史にその名を残そうと思っているはずだ。間違いない。

「そこだよ。民自党としては絶対に阻止したいところだ。大阪の関西威勢党と合流などとなれば保守分裂の機運まで出てきてしまう」

松坂は眉間の皺《しわ》を摘《つ》まみながら言っているが、どこかその混乱を期待しているようでもある。

「国民は民自党政権にちょっと飽きているわね」

　真子は、空になったグラスを眺めながら独りごちた。

「さりとて、立共党には任せたくはない。なんといっても、十年前に国民は悪夢の立共党政権を見ているからな」

　松坂もワインを飲み干した。

「それなら、いっそ東京一番党と関西威勢党に、反対票を入れてみようかという気分が芽生えてくるわよね。たんなる反対票なんだけど」

「その気分が一番怖いのを、民自党は知っている。ヤクザもあんな女子高の校長みたいな説教を垂れる知事では、清すぎて生きていけない。裏工作をし始めたんじゃないかね」

　仔牛のカツレツがふたりの目の前に置かれた。パン粉とソースの匂いがいい。真子はさっそくナイフを走らせた。

「どこから揺さぶりをかけるの」

「ここだよ。うちの四課が探りを入れた。週刊誌の記者も目を付けているようだがな」

　松坂がテーブルの上に置いていたスマホをタップをした。マップがアップする。

カツレツを咥《くわ》えたままの松坂が新橋のビルを指さした。

「これはこれは、秘密のお金が溜《た》まっていそうな場所ね。国税庁よりも先回りしなきゃ」

真子もカツレツを口に運ぶ。本当に柔らかくて美味《おい》しい。

桜川響子の政治家としての手法を真子は評価しているわけではない。単に他の政治家とは正反対のスタンスをとり、際立ちを演出しているきらいは充分ある。

ただし、今回のコロナ禍に対する対応は、そんな手法のひとつだったとしても、結果的に政府を煽《あお》り、医療崩壊の恐れを削減した功績はある。一月にあのままゴー・トゥ・トラベルを放置していたならば、感染拡大は爆発していたことだろう。

気が付けば、都庁警備室に出向して三日が経《た》っていた。

持ち場は、中央オペレーション室。都庁と都議会議事堂の防犯カメラのモニターが集合している、警視庁の交通管制センターをコンパクトにしたような部屋だ。そこで毎日、出入りの人間をチェックするのが役目だ。

左遷と言えば左遷。

ただし、この職場はかなり気に入ってる。

「六本木のミッドタウンで、同年代の男と飯を食っていますが、この男の素性がわかりません。マルBのように見えますがまさかね。よくいる一般人の極道気どりの奴《やつ》だと思いますが」

3

週刊実日の記者、沢村瞬は、安西貴美子に電話を入れていた。

ミッドタウンから張り出したテラスレストランがよく見える三河台《みかわだい》公園だ。桜の木の下を多くのカップルが行き来する中、沢村は双眼鏡で、明田真子の様子を窺っていた。

貴美子からの依頼で、アケマンが都庁に通い出してからの三日間、ずっと尾行している。

不始末が重なり、都庁の警備室という冴《さ》えないポジションに左遷になったとのことだが、本人はいたって爽《さわ》やかな顔で通勤していた。

三日間ともずっと都庁内にいたようで、ランチ以外は外出しなかった。ランチは三日間とも、都庁第一本庁舎の真裏にある議事堂の一階レストランであった。ちなみに議事堂の正面玄関は二階である。

初日と二日目は、午後六時になるとまっすぐ表参道の実家に帰っていった。その後はまったく外出しなかった。

三日目の今夜は、都営大江戸線で六本木へとやって来ていた。レストランに入ると、男が待っていたが、残念ながらまだ写真を撮れる距離まで近づけていなかった。さすがに花見客が行き交う中で、望遠レンズ付きカメラを向けるのは憚《はば》かられた。そんなことをしたら、アケマンに気づかれてしまう。

「わかった。アケマンの動きは当面いいわ。その男の方を調べてくれない？」

貴美子の声はどこか沈んでいた。おそらく貴美子にもなんらかの処罰が下ったのだろう。

「承知しました。で、金券ショップへ流入している新幹線チケットの出所ははわかったのですか？」

沢村は、交換条件にしていたことを聞いた。

「ごめん、それがわからないのよ。組対部にそれとなく探りを入れてみたんだけど、天黒屋《てんごくや》に関しては、何も答えられないの一点張り。逆に何かひっかかる感じね」

「それは手入れの時期を狙っているんじゃないでしょうかね」

沢村は答えた。

「そういうことかもね。私のいまの立場では、捜査情報を聞き出すのは無理だわ」

貴美子の声のトーンがさらに落ちている。やはり何らかの処罰が下ったようだ。

「どちらかに異動ですか？」

思い切って聞いてみた。

「ノーコメント。ただし、あなたを情報提供者とすることは、今後も変わらないわ」

つまり、俺を必要とする部署に変わりはないということだ。

「わかりました。アケマンと一緒にいる男の素性を突き止めてみせます」

沢村は電話を切った。

百メートルほど先にあるレストランのテラスで、ふたりは、一台のスマホを睨《にら》んだままだ。

遠目でも男の方の顔を撮って、とりあえず貴美子に送ってやろうと、ニコンのデジカメを取り出した直後だった。

露出度の高いスリップワンピを着た女がふたり、目の前にやって来た。ふたりともモデルのような整った顔立ちと、体型の持ち主だった。ひとりは花柄のワンピ。薄い生地で、桜を照らすライトに煽《あお》られ、下着が透けている。裸よりも猥褻《わいせつ》に見えた。

もうひとりは、紫色のワンピ。こちらは極端に丈が短かった。一歩踏み出すと、股間が見えるのではないかという勢いで、椅子に座ったら間違いなく、丸見えになるだろう。半分空いたシャンパンボトルを持っている。モエ・エ・シャンドンだ。

「ねぇ、カメラマンさん、私たちを撮ってよ」

超ミニワンピの女が言った。シャンパンボトルをぶら提げている。マロンブラウンのロングヘアが風になびいていて、セクシーだ。

沢村のことを、記者ではなくカメラマンと勘違いしてくれたようだ。

「モデル料なんて払えないぞ」

乱れた感じの女たちに欲情したが、新手の美人局《つつもたせ》ではないかという懸念も浮かぶ。

「私たち、大学生だよ。モデル料なんているわけないじゃん。でも撮ったデータは転送してね。インスタにアップするの。撮影料も払えないけど」

よく見るとどちらも白人系のハーフのようだ。日本語がナチュラルなので、日本生まれのハーフだろう。

「二度と会わない人に撮ってもらった方が、大胆になれる」

透けワンピの方の女が言う。この女《こ》はセミロングの髪をハーフアップに結わいていた。

すでにしこたま飲んでいるらしく、ふらふらしていた。

ときおり吹く夜風に、スカートの裾が舞い、ピンクのハイレグパンティがチラリと覗《のぞ》けた。

沢村は、もう一度、テラスを見やった。肉眼で見る。アケマンと髭面《ひげづら》男は、まだスマホの画面に見入っているようだ。

時計を見る。午後七時。八時まではいるのではないだろうか。

「わかった。撮ってやる」

女たちの色香に負けた。

「嬉《うれ》しいっ」

超ミニワンピの女が、片膝を上げる。バイオレットのパンティがばっちり拝めた。

「好きなポーズをとってくれ」

沢村は、まずは超ミニスカワンピの女に、ニコンのレンズを向ける。女は、尻を軽く横に振って唇を舐《な》めた。

「私、エミカっていうの。ちょっとエッチっぽいポーズにするね」

「望むところだ」

週刊実日には、素人を載せるグラビアもある。そっちの担当に渡したら喜ばれるに違いない。

エミカという女が、後ろ向きになり、ツンとヒップを突き出した。スカートの裾が引き上げられ、太腿の付け根の上から尻の下半分が露出する。

「わっ、エミカ、超セクシー」

もうひとりの女が手を叩きながら、軽くジャンプした。ふわっとスカートが捲れ、瞬間的ではあるが、こちらもパンティが丸見えになった。

慌ててそちらにもレンズを向ける。

「カノンは、グラインドしちゃいなよ」

ヒップを突き出したままのエミカが言った。透けスリップワンピの女は、カノンというらしい。やはりどちらもハーフなのだろう。

「うん、やっちゃう」

カノンが両手を夜空に掲げ、猛烈に腰を振り出した。クラブで踊っているようでもあり、騎乗位で挿入しているようにも見える。髪が乱れて、余計に卑猥になる。

行き交うカップルが、迷惑そうな顔で通り過ぎた。

ＯＬ風の三人組は、あからさまに顔を顰《しか》めている。

「おいおい、あの女たち、キマっちゃってるんじゃねぇのか」

そんな声が聞こえた。通りすがりのラッパー系のファッションの男グループだ。

新型コロナウイルスの蔓延《まんえん》により、六本木界隈《かいわい》のクラブも、早じまいする店が増えている。

桜川都知事の手法は、実に巧妙だ。

自粛の要請に応えない店があると、保健所の監視がうるさくなり、あげく税務署が抜き打ち査察を行ったりするのだ。

要請と言っておいて、実際には強制に近い手の打ち方なのである。そんなことから、六本木や西麻布の路上には、若者が溢《あふ》れているようだ。

三河台公園の桜並木にも、日頃はクラブで踊っているような連中が大勢押し寄せている。午後八時を前に、かなりな密になってきた。

この男たちが言っていることは当たっているかもしれない。この女たちの動きは尋常でない。

「エミカもパンツ脱いじゃいなよ。誰かが、後ろからズコンと打ち込んでくれるかもしれないじゃん」

カノンが腰を振りながら、そんなことを言い出した。

キメている。沢村は確信した。

「マジ脱ぎたい。ＶＩＰルームで回されたいよ」

エミカがミニスカをさらに捲り上げ、丸出しになったヒップの腰骨辺りに手をかけた。つるっと下げる。生尻が半分出た。月灯《あか》りにでも割れ目がくっきり浮いて見えた。あと一捲りで、女の大事なところが露《あらわ》になりそうだ。

「おいっ、それはやり過ぎだ。パンツはあげろ」

沢村は制止した。エロすぎる光景に沢村の股間は完全に膨れ上がっていたが、この場には、密を避けるようにと促す職員や、制服警官もうろうろしている。危険すぎた。

「えええええ。私、もうてんぱっているから、服なんか着ていたくないよ」

パンティを降ろしながらエミカが、首を横に振る。完全にキマっているとしか言いようがなかった。

「いやいや、すぐに逮捕されるぞ」

沢村はカメラを構えるのをやめて、エミカの生尻を隠すように一歩前に寄った。その耳もとに透けワンピのカノンが唇を寄せてきた。バストが沢村の腕に触れた。弾力がある。握り締めたくなる衝動を必死に堪えねばならなかった。

「だったら、もっと人の少ないところで撮ってよ。あっちの方とか」

カノンが乃木坂の方に顎をしゃくった。公園の向こう側に細い道が一本走っている。有名アイドル事務所の稽古場などがあるビルとの間の道だ。まっすぐ突っ切ると一分とかからない位置だ。

「よしわかった。そこで撮ってやるよ」

ミッドタウンのテラスにいるアケマンと男のことも気になるのだが、いったん火のついた欲情は止めようがない。

「ねぇ、いっぱいエッチな写真を撮ってね。うちら、それで男を誘うから」

カノンが公園を横切るように駆け出した。

エミカもパンティをほんの少しだけ元の状態に戻し後を追っている。シャンパンボトルを手放さないところが、どこかいじらしかった。沢村は慌ててついて行った。

三河台公園の喧騒《けんそう》と打って変わって、その細い道は静寂に包まれていた。常夜灯もあるが、その間隔はやたら開いており、あちこちに闇が広がっていた。都心中の都心であるにもかかわらず、この界隈には、築五十年クラスの住宅が並んでいる。ぱっと見、郊外のそれもかなり古い住宅街と変わらない光景だ。

カノンとエミカは、さほど大きくない木造住宅のガレージの前で、国産SUV車のフロントに背を付けながら、スカートを捲り始めた。

ふたりとも、みずからスカートを捲っていること自体に興奮しているらしい。

「いいね。いやらしいね。俺も発情しちゃいそうだよ」

沢村はシャッターを切りまくった。

一回シャッター音がするたびに女たちは、ポーズを変える。右を向いたり、左を向いたり、しゃがみこんだり。だが決して、スカートを下ろそうとはしない。

パタパタと上げたり下げたりを繰り返す。

液晶画面に映る卑猥な女ふたりの卑猥なポーズにギンギンに肉茎が硬直した。

「もっと、もっと大胆になっちゃいなよ。ふたりのバストもみたいな。ワンピの上から見ても形がいいのがわかる」

　グラビア班のエロ専カメラマンの調子で声を張る。週刊誌に転属して以来、報道畑なので、見よう見まねの煽り文句だ。

「エミカ、一緒にポロンしちゃう。私は、もう先っぽ硬くなっているよ」

　カノンがワンピの背中に手を回している。ジッパーを下ろしているようだ。

「いいよ、私も、もう、おっぱい出しちゃいたい」

　エミカがシャンパンボトルをコンクリートの上に置き、自分もジッパーを下げた。

「せーの」

　エミカの掛け声とともに、ふたりが一斉に、スリップワンピの前を下げた。ブラジャーが現れると思った沢村は驚いた。月灯りにうっすらと見えたのは、生乳だ。すぐにシャッターを切った。肉眼ではわかりづらかったが、ニコンのフラッシュを焚くと、液晶にエミカとカノンのピンク色に輝く乳首がはっきりと浮かび上がった。

「ふたりとも乳首が大きいな」

　シャッターを切りながら、正直な感想を言った。

「やだぁ。オナ子みたいで、ハズイよ」

　カレンが乳首を摘まみながら腰を振った。

「オナ子？」

聞きなれない言葉だ。

「オナニーばっかしている女子のこと」

エミカも乳首を思い切り引っ張っている。沢村は夢中でシャッターを切った。

「オナニーばかりしていると、乳首は大きくなるものなのか？」

沢村は聞いた。

「まんちょだけじゃなくて、乳首もいっぱい触っちゃうから、大きくなるんだよ。私もエミカもクリも大きくなっちゃっているし」

カノンが、もう一方の手をパンティの中に潜りこませながら言う。

「そんなエビデンスはないぜ」

だったら男も肉棹《にくざお》を擦《こす》るほど大きくなるはずだ。巨根の男は、オナニーばかりしているということか。違うだろう。

「だって、私たち本当に、昔はクリも乳首も小粒だったんだからね」

カレンがもう一方の手を。パンティの中に突っ込んだ。女の発情臭が一気に漂ってきた。

「ホントかよ」

沢村は、レンズを股間に向けながら、一歩前に出た。

「んんんっ、クリも腫れてきちゃっている」

カレンが顔をくしゃくしゃにしながら、乳首を摘まみ上げた。

カノンの喘ぎと表情を見て、沢村もさすがに感極まった。肉茎の尖端《せんたん》から、わずかに汁が漏れた。まだ先走り汁だ。このままではトランクスの中で、淫爆してしまいそうだ。

「腫れているマメを見せてくれないか」

ついにこちらから頼んだ。

「いいわよ。ちゃんと撮ってね」

カノンがパンティを下ろした。マロンブラウンの髪色とは異なる漆黒の陰毛が現れれる。

「ほら、マジ、大きいでしょう」

わざわざ、合わせ目のあたりを剝いて見せてくれた。ニコンの液晶に、ピンク色に輝く肉の真珠玉が映る。

もうダメだった。先走り液がどんどん漏れてくる。睾丸《こうがん》も攣《つ》れて痛い。

「カメラマンさん、辛《つら》そう。大きいの出しちゃいなよ。私がオナニーしながらしゃぶしゃぶしてあげる。そういうの見るとカノンは一発で昇《い》っちゃうから」

エミカの声だ。気づくと沢村の真横に立っていた。手にしていたシャンパンを飲んでいる。ボトルはもうほとんど空になり始めていた。

沢村は頷き、ニコンのレンズを道路に向けて、チノパンのファスナーを下ろした。

理性はもはやどこかに吹っ飛んでいた。闇の中に巨根が飛び出す。

「やだぁ、先っちょ、もう濡れ濡れ」

エミカが跪《ひざまず》く。亀頭がブルンと武者震いする。

「アルコール消毒」

口に含んだシャンパンを吹き付けられた。

「おぉおおぅ」

それだけで、射精してしまいそうになった。

「エミカ、玉をしゃぶるところから見たい」

乳首と淫芽を弄《いじ》り回しながらカノンがエミカにねだった。沢村はＡＶの世界に迷い込んだような錯覚を得た。

「ねぇ、カメラマンさん、チノパンと下着を下ろしちゃっていい？」

エミカが棹に指を絡めながら聞いてきた。拒否できる雰囲気ではなかった。

「好きにしてくれ」

早くしゃぶられて、一回射精してしまわないと、このまま噴火してしまいそうだ。

さすがにそれはカッコ悪い。

「じゃぁ、脱がしちゃうね」

　エミカにベルトを外され、ぐいとチノパンを膝まで下げられる。実に幼稚な恰好《かっこう》だった。

「んんんんっ、エロい」

　カレンが、股間と乳首に這《は》わせた手を猛烈に動かしている。その光景に見とれた。自分も、カレンのオナニーを見ながら、エミカの口の中に発射させたいと、切に願った。

「じゃぁ、一発で昇天させてあげる」

　エミカの声が聞こえたとたんに、睾丸に衝撃が走った。シャンパンボトルの底で睾丸を打ち上げられていた。

「うぎゃっ」

　闇が突然、真っ白に見えた。地球が爆発したようにも思えた。睾丸に両手を当て、地面に膝を突いた。精ではなく尿を撒《ま》いていた。

　すぐに、もう一発きた。

　今度は、顎が砕ける音を聞いた。ボトルの底のアッパーカットは、かくも強烈なのかと、どこかで冷静に分析しながら、沢村は、頭から倒れた。失禁しながら、だ。最低の姿である。

4

気が付くと、真っ裸で床に寝かされていた。場所は自動車修理工場のようだ。ボンネットがあいたままの小型車が一台、脇にある。

両手と両足にそれぞれ枷《かせ》が嵌《は》められ、チェーンの先には丸い錘《おもり》が付けられていた。サッカーボール大の錘が四個だ。

「あんたのシンボル、包丁で切っちゃいましょうね」

女の声だ。カノンやエミカよりも低い声だった。沢村は顔を声の方に向けた。三浦樹里が立っていた。ベージュのフレアスカートにピンクのニットセーター姿。闇社会と繋《つな》がる六本木の女帝としては清楚《せいそ》な恰好だった。右手に刃渡り三十センチの刺身包丁を持っていなければ、白金《しろかね》や広尾《ひろお》界隈にいる富裕層マダムのようだ。

床に寝かされているので、見上げる格好になった。

おかげで、スカートの中まで見えた。奥はノーパンだった。割れ目がくっきり見えた。最悪なことに、この期に及んで棹が勃った。

「やだぁ、私にも反応しちゃうなんて、沢村さん、よほど飢えているのね。でも、硬直してくれた方が切りやすいのよね」

樹里がスカートを軽く持ち上げて、しゃがみこんできた。余計に股間の秘裂が丸見えになる。

「なぜ俺の名前を？」

亀頭から尿を噴き上げそうなほどビビっているのだが、その瞬間に激怒され切断されてしまうのではないかという恐怖感の方が強く、どうにか撒き散らかさずにすんでいた。

「こっちもあなたを三日ほど尾行していたのよ。千鳥ヶ淵で覗き見されたときは、私を張っているんじゃないかと思ったけれど、違ったわね。あなた誰に頼まれてアケマンを探っているの？」

「もう知っているんじゃないのか」

沢村は、樹里を睨み返した。虚勢だ。

「だいたいはね。けれど、その口から聞きたいのよ」

樹里がすっと刺身包丁を陰毛の上に這わせてきた。それだけで、毛がはらはらと落ちていく。刃物をちらつかせているのが、脅しではないということが十分理解できた。たぶん、何人もやっている女だ。

「切られずにすむ方法を教えてくれないことには、答えられない」

ぎりぎりのラインで取引に出た。記者の防御本能だ。

「こちらの情報提供者になるということよ」

悪党は官僚のような回りくどい言い方はしないようだ。樹里はあっさり取引に応じてくれた。

「切られない以外に、なにかメリットはないのか」

そういうと、刃先が陰茎の根元に寄せられた。

「あなた包茎じゃないけれど、皮がまるでないのも辛いらしいわよ」

樹里が、さっと包丁を引いた。根元を包んでいた皮が一センチほど切られた。

「わっ」

沢村は、小便を噴き上げた。十センチほどの高さだった。

「いやね」

樹里が、身を引き、顔を歪《ゆが》ませた。刺身包丁を亀頭の付け根に添えようとしている。

「頼む、やめてくれ」

「だから、誰に頼まれたの？」

刃は、亀頭の真下に当てられたままだ。もはやこれまでだと思った。警視庁の裏情報を得る特権よりも、男の象徴を失いたくないと思うのは当然のことだ。

「アケマンの上司の安西貴美子だよ。知っていたんだろう」

沢村は白状した。

「はい、ありがとう」

樹里が、ボンネットの開いたままの小型車の方を向いた。

「ママ、ばっちり撮影出来ました」

運転席の扉が開き、カノンが降りてきた。黒のシックなパンツスーツ姿だった。手にHDDカメラを抱えていた。

「ちゃんとあなたが言うシーンを撮影しておきたかったのよ。こっちの手先にならなかったら、この映像、いつでもアップするわよ」

樹里が股を開き気味に言う。半分開いた女陰がしっぽり濡《ぬ》れていた。

想像していた範囲のことだが、こうも露骨に弱みを握られていくとは、悪党のやることは、シンプルで基本に忠実なのだ、と思い知らされた。

「それで、何からやればいいんだ」

「まず安西貴美子について知っている情報を、朝までにすべて報告書にまとめること。明日からは、安西貴美子を張り込んでね。指示は、このスマホで伝えるわ」

真新しいスマホを渡された。

やれやれ、だ。

「俺も、今日から六本木マフィアの手先になるってことだな」

「まだ見習いよ。でも、言う通りにしたら、多分、週刊実日の編集長ぐらいには、なれるわよ。私たちとしては、さらに出世して本紙に帰ってもらいたいわね。政治部の論説委員とかになって、テレビに出演して欲しいものだわ」

樹里が顎をしゃくると、エミカがカメラを抱えたまま、外に出て行った。代わりに、フィリピン人と思われる東南アジア系の男がふたりやって来て、枷を外し始めた。

マフィアの印象操作要員に仕立て上げられたということだ。そうしたマスコミ、言論人は多い。

5

新橋の飲み屋街もずいぶん様変わりしたようだ。熟年サラリーマンの姿が減って、若者が多く歩いている。

午後八時だ。

まだ開店している居酒屋は結構あるのだが、かつてこの時間に、居酒屋からスナックへとはしごをしていた熟年サリーマンたちの姿はほとんどない。

「接待費を持っている管理職ほど、感染リスクを恐れて、さっさと帰宅している。

まぁ、完全に収束するまで、彼らは町には戻らんだろうな」

松坂が町の様子を眺めながら言った。

「その代わり、新宿や池袋《いけぶくろ》で飲んでいたような若者が、増えているわね」

真子は、引き戸を開けたまま営業している立ち飲みバーを見やりながら答えた。

マスクを外した若い男女が、大声で語り合っている。まるで有楽町《ゆうらくちょう》のコリドー街のような光景だ。

一番変わったのは、店から流れてくる音楽だった。

一年前までは、歌謡曲か演歌が中心。いまはＪポップかダンス系洋楽だった。それだけで、店の持つ空気感は明らかに変化している。

「そこのビルだ」

松坂が『天黒屋』の看板のあるビルを指さした。一階の店舗はまだ灯りがついていた。黒都組のフロント企業である金券ショップだ。

「特攻って案外、普通にやるのね。もっと入念に潜入とかして、内部から崩落を誘うのかと思った」

真子は、店舗を見やりながら言った。

「通常はそうだ。今回はあくまで緊急措置だ。幹部のひとりを攫《さら》って、拷問にかけた方が手っ取り早いからな」

松坂がそう決断した理由は、ホンボシが黒都組やノアルだとは考えていないからだ。極道はあくまでも、どこかの手先。その大元を知るには、ヤクザを攫うのが一番早いということだ。

「メリット次第で、いくらでも裏切りを働くのがヤクザだ。それは、任侠道《にんきょうどう》を売り物にする老舗《しにせ》団体でも同じだな」

一歩一歩、天黒屋に近づいていた。店内にいる客の後姿が見えてきた。四人ほどいた。出張費を少しでも浮かせるために、新幹線回数券を物色している若手サラリーマンに見えた。

組対六課の覆面捜査員たちだ。他に客はいないということだった。

「私は、この商品券を差し出すだけでいいのね」

真子は肩から下げたトートバッグを叩いた。三森《みつもり》百貨店の商品券二百万円分が入っていた。

「鉄火場《てっかば》になったら、女の従業員ふたりを蹴散らしてくれ。窓口要員で、金券の売買にやってくる客には笑顔だが、元はヤンキーだ。喧嘩《けんか》はめっぽう強い」

「女性店員といっても用心棒なわけよね」

「そういうことだ。金券ショップには、ときたま金に行き詰まったＯＬや主婦が、強盗《タタキ》にやって来る。目の前に金券が置かれているんだ、コンビニより大きな額が奪えると思うんだろうな」

　松坂が声を潜めて言う。

「そして、銀行よりも警戒が緩いと勘違いしがちよね」

「天黒屋には、制服を着たガードマンなんていない。その代わり目の前の笑顔の店員が豹変《ひょうへん》する。か弱い女性店員だと思って、ナイフを突きつけたとたんに、手痛いしっぺ返しに遭うことになる。まずは防犯スプレーを浴びせられ、悲鳴をあげている間に奥の事務所に連れ込まれてしまう。あとは真っ裸にされて、徹底的にいたぶられるだけだ」

　先行して天黒屋に忍びこんでいた捜査員からの報告のようだ。

「でも、金券ショップ側は、警察には届けないんでしょう」

　真子は確認した。

「あたりまえだ。そんなことをしても一銭にもならない。損害賠償金支払いの契約書をとられて、吉原《よしわら》や川崎《かわさき》に流されることになる」

　一生搾り取られるのだ。

「わかったわ。そんなやんちゃな女店員の方が、私も手加減なしで抑え込めるので、やりすいわ」

　真子は本音を口にした。ＳＰの仕事で一番難しいのは、襲撃者に対する防衛の加減だ。どんなことをしても警護対象者を護らねばならないが、一方で、過剰防衛にならないように気を遣わねばならない。要人を襲ってくる連中の中には、単に名を挙げたいという輩《ヤカラ》も多く、そんな連中に発砲でもしたら、マスコミやネット住民にこてんぱんに叩かれる。

その辺の匙《さじ》加減は本当に難しい。ディフェンス部門にいる者のストレスでもある。ときに全力で容疑者確保に向かう捜査部門が、羨ましくもあった。どうやら、今夜は、その憂さが晴らせそうだ。

今回の特攻は、店潰しだ。

令状なしで、金券や商品券をごっそり奪い、その出所について白状させるという荒業だった。早い話が強盗に近い。

松坂は特攻班のひとりを、三か月前から天黒屋にアルバイトとして潜り込ませていた。まだ重要な仕事は任せてもらえず、主に、幹部社員が出張買取に赴く際の専用車の運転手や店の清掃などをやらされていた。金券にも現金にもタッチできない立場だ。だが、その立ち場ゆえに、怪しまれることもなく、ビル内の見取り図や、何度か行った出張買取先の所在がわかった。

残念ながら彼が同行した出張買取先は、いずれも個人事業者や零細企業主で、決済の方法として金券を利用していたに過ぎなかった。

税務署には興味ある事案だろうが、マルボウにとってはどうでもいいことのようだ。

「なら、台本通りに頼む。とにかく、まずはシャッターを降ろさせることだ」

松坂は言うなり、店内に入っていった。

真子は一歩遅れて入る。別々の客を装うためだ。

一階の店舗は二十坪ほどだ。左右の壁がガラスのショーウインドウになっており、映画、演劇、プロ野球のチケット、ビール券など比較的廉価な商品が並んでいる。ほとんどが株主優待券の流れだ。

若干高価な商品としては歌舞伎座のチケットがあった。正札《しょうふだ》とほとんど変わらないか、若干高い。貴重である証拠だ。

大の相撲《すもう》ファンである真子は、大学生だった頃に何度か両国《りょうごく》国技館の椅子席を、こうした金券ショップで購入したことがある。他に手軽な購入場所を知らず、また当時は椅子席レベルなら多少は金券ショップで流通していたのだ。

「新幹線回数券、クレカでの購入も出来るんだってな」

先に入った松坂が男の店員に聞いている。

「はい、出来ますが、その場合、価格が少し変わります。通常価格の九十五パーセント価格になりますが、それでもかまいませんか」

換金性の高い新幹線チケットを、クレジットカードで販売する金券ショップは少ない。引き落とし日まで時間差があるため、つなぎ融資に利用される可能性が高いからだ。速攻、別な金券ショップに持ち込めばキャッシュに換えられ、決済日まで、実質的な支払いは猶予となる。

これを受ける金券ショップはほとんどない。

「かまわん。まず東京－新大阪を百枚くれ」

松坂はいかにも不機嫌そうに言った。

ＪＲの窓口で購入した六枚つづりの一枚単価は通常一万三千九百四十円だ。金券ショップでは多少の差はあるものの、だいたい一万二千九百九十円程度で販売されている。七パーセント値引きだ。買取は通常単価の八十一パーセント程度。一枚単位の売買の相場だが、金券ショップは充分儲《もう》けている。

クレジットカード支払いでは、決済が最大三十日ほど伸びるが、この場合、差益は十四パーセントだ。でかい利息だ。極道が受けないわけないがない。

「東京－新青森も百枚あるかね。クレカでいけるんだったら、そっちも買いたい。カードは変えるがね」

いかにもこの手の取引に慣れた感じで言う。

「ちょっとお待ちください」

店員は、奥に下がった。東京－新大阪は、人気チケットなので千枚単位で持っているはずだが、新青森となると需要は少ない。

松坂が、店員の背中をじっと見ている。事務所がどこにあるか、最終確認しているのだ。

壁際のショーウインドウにある歌舞伎のチケットを物色していた捜査員が『五月大歌舞伎』を買うので取り出して欲しいと別の店員へ伝える。ショーウインドウの鍵を持った店員がカウンターから出て来た。

カウンターの中の店員をバラバラにする作戦だ。

この様子を横目で盗み見しながら、真子はカウンター越しに女性店員に声をかけた。

「三森百貨店の商品券を売りたいんですけど、大丈夫ですか」

「もちろんです。百貨店商品券ですと買取価格は九十八パーセントですがよろしいですか」

新幹線回数券と異なり、期限がない商品券は、紙幣に準じる価値があるとみなされているようだ。ただし、偽造は紙幣より容易なはずだ。かつてそこに目をつけて澳門《マカオ》マフィアが、中国の造幣局の退職者を集めて、大量偽造させ、成田《なりた》空港に持ち込んだ例がある。たまたま水際で発見できたが、いまは、精度がさらに上がっているはずだ。

脱税の小道具として、市中に滞留しているケースも多いので、発見されずに埋もれている券も多いと、捜査二課の連中から聞いたことがある。

「千円券が二千枚あります」

真子は、トートバッグから紙袋を取り出した。二百万円分だ。

小顔で黒髪をひっ詰めた女性店員が商品券換算機を取るため振り向いた。ネームプレートに『田中《たなか》』とあった。その背後にもうひとり大柄な女がいた。こちらはネームプレートに『大久保《おおくぼ》』とあった。

心臓の鼓動が一気に高鳴った。

ちょうど奥から、松坂を担当していた店員が戻ってきた。

「お客様、申し訳ありません。新青森の方は現在当店では二十枚ほどしかご用意できません。明日まででよろしければ系列店から集めておきますが」

「わかった。それなら、明日の午後二時にまた来る。今回は新大阪までのチケットだけでいい」

明日ここに来ることがないのは、三分後にはわかることだが、松坂は実に堂々と言っている。

「承知しました。ただいまご用意を」

瘦身の店員が、背後の手提げ金庫から、チケットを取り出し枚数換算機にかけている。きっちり百枚。一枚単価は、わずか六百九十七円引きの一万三千二百四十三円だ。

「百三十二万四千三百円になります」

店員が電卓を示した。これでもクレジットカードで買う客は大勢いる。JR価格よりも高くても購入する客もいるはずだ。キャッシュを作るのにこれほど手っ取り早い方法は他にないからだ。

ただしJRの払い戻し窓口は厳格だ。直接購入した証明がないと応じてはくれない。そこで金券ショップが、言葉は悪いがロンダリング場所になってしまうのだ。

松坂は、カードを出した。よくある信販系カードのゴールド。

カウンターにはすでに、百枚の新幹線チケットが置かれている。いよいよ勝負だ。

店員が決済端末機を差し出している。

「暗証番号をお願いします」

松坂が押す。

真子は息苦しくなった。ディフェンスの緊張感は長く続くが、襲撃予告でもされていない限り、どこがピークということはない。

だが、こちらから攻める特攻班は、あるタイミングがピークとなる。

それがいまだ。

「お客さん、このカード、反応しませんね。もう一度、入れ直して下さい」

瘦身の店員が言っている。

「どうぞ、この換算機に入れてください。だいたい五センチ幅まで入ります」

よく教育されているらしく、女店員は、決済が済んでいない客の金券には決して触ろうとはしないのだ。

真子は紙袋から商品券を取り出した。十枚単位で封筒に入っている。一枚ずつ抜き出して、都合五十枚を換算機に入れた。単純に数を数えるだけの機械ではあるまい。真贋《しんがん》を確認するためのホログラムチェック機能が搭載されているはずだ。

ザーと音がして数え始めた。

数え始めているのに、黒い換算機の真横にあるデジタル数字が「0」のまま動かない。女店員が顔を顰めた。背後から、大柄な女が近づいてくる。

「お客さん、この商品券、どこで手にいれました？」

田中という女の声が、一段低いトーンに変わった。

次の瞬間、背後のショーウインドウのガラスが割れる音がした。先に入っていた捜査員の三人が、安全靴でガラスを蹴ったのだ。

様々なチケットが飛び散り、店内に舞った。ひとりが入口の前に立った。自動扉が開く。夜風が入り込み、色とりどりのチケットが道路へと吹き飛んでいく。

6

「てめぇら、どこの者《もん》だ」

松坂の前に立っていた痩身の男が、いきなりカウンターを飛び越えてきた。

「同業者だ」

その顔に肘を打ちつけている。

「ぎゃっ」

痩身の男が、横に飛んだ。すぐに奥の扉が開き、数人の人相の悪い男たちが飛び出してきた。

四人の捜査員たちは、カウンターを乗り越え、回数券や商品券を蹴散らした。奪いはしない、荒らしているのだ。

「偽造商品券なんか摑《つか》ませやがって、あんた、ソープに浸《つ》けてやるからね」

田中の背後にいた太った女、大久保がいきなりスプレー缶を握りしめて迫ってきた。

真子は、カウンターの下にしゃがみこみ、トートバッグから防犯用の蛍光カラーボールを取り出した。

「くらえっ」

大久保が、カウンターから身を乗り出し、スプレー缶のノズルを向けてきた。

「そっちがね」

真子はその顔にカラーボールを投げつけた。顔面に炸裂《さくれつ》する。カプセルが割れて、中から特殊液が飛び散った。ルミノール反応する染料で、一度付着したら並大抵のことでは落ちない。これもＳＰの常備品だ。

「うわっ」

大久保が喚《わめ》いた。歌舞伎役者が、鬼を演じているような顔だ。

「臭い！」

田中が真横で鼻を押さえた。特殊液は付着したら剝がれないばかりではなく、異常な臭いを発する。チーズの腐ったような臭いだ。

追跡する際に、色だけではなく、臭いからも追えるからだ。とんでもなく臭い匂いだ。普通のマスクぐらいで防げるものではない。

「おえっ」

「くせぇ」

男の連中も顔を顰《しか》めた。それでもこの光景を外部に知られたくないらしく、誰かがシャッターを締めた。臭いが充満する。松坂も咽《む》せている。

「やったわね」

マスクの上をさらに片手で押さえた田中が、カウンターの上に上がってきた。濃紺のスカートスーツ。上からジャンプして踏みつぶそうという魂胆らしいが、下から見上げていると、白のパンティが丸見えだった。

田中がカウンターから飛んだ。足を開いて、ローヒールの底をこちらに向けてくる。

真子は、その開いた股間に向けて、カラーボールを思い切り投擲《とうてき》した。空中で田中の顔が引きつった。

「いやっ、これは、いやっ」

白いパンティの股布に真っ赤な蛍光塗料が炸裂した。物凄《ものすご》い悪臭だ。

「田中ちゃん、三か月はその臭い取れないよ。誰も舐めてくれないだろうね。オナニーしたら指も臭くなる」

真子は、床を転がりながら、悪臭から逃げた。

田中は、泣きながらパンティを脱いでいた。大久保はトイレに駆け込んでいる。

「アケマン、そのボール、もうないのか」

松坂が、鼻を摘まみながら聞いてきた。

「十個ぐらい残っているけど」

トートバッグを指さした。悪臭に自分でも耐えられなくなってきた。

「貸してくれ」

松坂は、顔に手を当てながら、トートバッグに近づくとカラーボールをいくつも拾い上げた。天井や壁に、ぶつけては破裂させていた。もはやこの店は、改装しない限り使えそうにない。

「てめぇら、どこにタタキに入っていると思ってんだ。ここは黒都組の直轄だぜ」

二階から降りてきた来た角刈りの男が言っている。

「鳴神《なるかみ》だな！」

松坂が叫ぶ。四人の部下が一斉に飛び掛かる。鳴神正道《まさみち》。本名は鳴海《なるみ》だが、威勢を付けるため鳴神と名乗っているらしい。

五年前に、黒都組には引退宣言を出しているが、実際には今も幹部だと、松坂から聞いている。

「てめぇら、だからどこの組だ」

「桜組だ。ほら、代紋だ」

松坂はここで、警察手帳を見せた。他の店員たちは、動きを止めた。

「おいおいおい。うちらが何したっていうんだよ」

鳴神が、肩を窄《すぼ》める。その鳩尾《みぞおち》に、松坂が正拳を打った。

「ヤクザが、偉そうな口を利くんじゃねぇよ」

「くっ、訴えんぞ。こんな捜査があるかよ」

机の上に尻を乗せ、不貞腐《ふてくさ》れた顔で、松坂を睨み返している。アウトレイジさながらのシーンだ。

松坂は四人の部下に顎をしゃくった。四人が奥の事務室へと飛び込んいく。

「拳銃《チャカ》も薬《ポン》も出てこねぇよ。ってか、おまえら、挙げるための証拠を仕込むんじゃねぇだろうな」

鳴神が眼を大きく見開いた。

「せいぜいギンダラの三個ぐらいにしておいてやるよ」

松坂が不敵に笑う。旧ソ連製のトカレフは、最も極道たちの間に流通している拳銃だ。銀色に染めたものがいっときブレイクした。それが通称ギンダラだ。

「ふざけやがって」

松坂は、どうしても脅すらしい。こんな捜査はありえない。

五分ぐらい沈黙が続いた。カラーボールをあちこちに炸裂させたために、店内には悪臭が充満している。誰も口を開きたくないのだ。

「主任、出ましたよ」

捜査員のひとりが事務室から、外付けＨＤＤメモリーを数個持って出て来た。裏帳簿だろう。鳴神の顔が蒼《あお》ざめた。

「あんたら、二課か？」

「心配するな、マルボウだ」

松坂が鳴神の頬を張った。記録メディアを持っている捜査員に、目配《めくば》せする。

「入手元が不明な新幹線チケットが二億円分ほどあります。他に商品券が一億円分」

部下が淡々と言った。

「やい鳴神、それらの金券の出所はどこだ？　言わないと、すぐに国税呼んで洗わせるぞ」

松坂が吠《ほ》えた。国税なら必ず突き止める。闇の金を暴かれて、立ち場がなくなるのは黒都組だ。

「放免のメリットぐらいくれよ」

「吐いたら、帳簿は組対部屋《マルボウ》で、時効まで護ってやる。どこにも出さんよ。さっさとチケットを捌《さば》いちまうことだな」

「そっちの目的は別件なんだな」

「そういうことだ」

「ちっ。リフォーム代ぐらいくれや」

「さっさと言えよ」

「民自党から換金を頼まれた」

「ホントだな」

松坂が念を押した。裏金のロンダリングに金券を使うのは常套《じょうとう》手段だ。

「俺達だって、相手を探る。きっちり尾行して、民自党に戻るところを十回以上見届けている」

「リフォーム代以上のネタをくれてやる。知っていることをすべて話したならな」

松坂がカラーボールを手のひらの上で遊ばせながら言った。

「イントロぐらい聞かせてくれねぇと、歌は歌えない」

鳴神もしぶとかった。

「カジノは、台場《だいば》に決まる。横浜はない」

松坂が唐突に言った。

「総理と都知事じゃ、都知事の勝ちってことかい?」

「あとはそっちがゲロしてからだ。神戸に持っていかれねぇように、関東にも頑張ってもらいたいもんだな」

松坂のそのひとことで、鳴神は、頷いた。

「どう話したらいいんだ？」

「簡単だ。帳簿に入金してねぇってことは、それを引き取りに来る奴がいるってことだろう」

松坂が、からくりに突っ込んだ。おそらくこんな仮説——。

民自党は旅行社から、新幹線チケットを購入する。一部は、職員が本当に使う。だがその大半は、この天黒屋に持ち込まれ、換金される。天黒屋は、金は渡すが、取引記録は帳簿に残さない。

誰かが、きちんと引き取りに来るからだ。おそらく十五パーセントの手数料を差し引いているが、それも帳簿には載せていない。

民自党、天黒屋、Xの間で、新幹線チケットを証書にして現金をまわしていると、松坂は推測しているのだ。

そのXは誰かということだ。

「しょうがねぇな。額がでかかったんで、上手《うま》いシノギだったんだが」

「三億の紙切れを右から左に回すだけで四千五百万の純利益。かれこれその十倍は動かしているんだろう。俺たちは密告《チク》らないが、国税は甘くない。すでに射程距離に入れられていると見た方がいい」

松坂が外濠《そとぼり》を埋めていく。

「国税もそうそう手が出せない、バックが付いているってことだったんで、安心していたところだが、ここらが降り時かも知れんな。ギャンブルは、降りるタイミングが肝心だ」

極道らしい見解だ。

「臭くてたまらん。お互い早くここから出ようじゃないか」

松坂がマスクの上から鼻を摘まんだ。

「チケットの引き受け手は『キングワン観光』。もともと、民自党に売っていたのも、そこさ。王東建と民自党の御子柴俊彦《としひこ》の間ですべてが回っている」

鳴神が観念して言った。御子柴俊彦は現職の幹事長である。

「どのぐらい前からだ」

「六年前からだ。ようはあのおっさんが幹事長になってから」

インバウンド。特に中国人団体客が爆発的に増えたのは、御子柴が幹事長ポストを得てからだと言われている。

「華僑《かきょう》マフィアの王と御子柴が繋がっているのね」

真子は横から口を出した。

「御子柴は、親中派だし、日本の観光業界のドンだ。これから候補地が決まるカジノの運営会社にも澳門のゲーミング会社を推している。うちらもそこに一枚噛むために、王の手先になっていた。横浜なら、中華街もあるし、王と御子柴ラインについていれば鉄板と見ていたんだがな」

桜川響子ならラスベガスかモナコと組むだろう。鳴神はさっそく乗り換えるつもりだ。

「景気が戻るには、まだ二年はかかるだろう。それまで、町の治安維持に協力しろよ。そのぶんお目こぼしもある」

それだけ言うと松坂が踵《きびす》を返した。午後八時四十分。新橋は、依然として閑散としている。

「十分な揺さぶりになったわ。ありがとう」

人気《ひとけ》のない飲み屋街を歩きながら、真子は、松坂に礼を言った。

「今夜にも、官邸や民自党の幹事長室が大騒ぎになるだろう」

そこで真子のスマホがバイブした。三浦樹里からのメールだった。

【あんたの上司、痴漢マニアだったみたい……公安も動いているし……】

とんでもない情報がいくつも入っていた
「都知事にそろそろ大博打《ばくち》を打ってもらう時が来たわ」

真子は正面を見据えた。いまは闇だらけの街だが、いずれ光は復活するはずだ。

第六章　利権テロ

1

午前六時。空が澄み渡り、緩やかに吹く海風《うみかぜ》が心地《ここち》よかった。

「黒都組の腰が引けた。うちの直系傭兵《ようへい》だけで襲撃したい」

花沢将暉は、王東建から電話を受けた。熱海《あたみ》沖だ。三日間、チャーターした大型クルーザーでくつろいでいたところだ。

「黒都組が撤退したのはどういうことですかね」

将暉が傭兵に転じたのは、元はと言えば、自衛隊時代に黒都組の特殊詐欺に引っかかったのが原因だった。

「官邸と民自党がこのところ世論の逆風にさらされているので、次の衆議院選挙を前に政局になると踏んだのだろう。妙にクリーンな総理や幹事長が出現すれば、現在権力の中枢にいる連中が一斉に弾《はじ》かれるかもしれん。そうなる前に、証拠を消しておくつもりなのさ。目先の金しか興味のない腐れ極道は、所詮は、その他大勢のエキストラとしてしか使えんよ」

王が言った。

八十歳を超えているのに、艶のある声だ。人の命は簡単に奪うくせに、自分はやたらと健康を気遣っている。王の隠れオフィスは漢方薬や健康食品だらけだ。

「いつやる？」

傷はすでに癒えている。早く仕事を終えて、中東のあたりに戻りたかった。平和ボケをしている日本人たちを見ていると反吐《へど》が出る。

町の中にいると余計にストレスがたまるので、大海原《おおうなばら》を眺めて、気を静めていたところでもあった。

「いま桜川のスケジュールを当たらせている。懲りもせずまた街頭に立つというから、一番狙いやすい場所を探し出す」

王は、民自党や官邸ばかりではなく、警視庁や内閣情報調査室などにも、情報提供者を持っている。

スキャンダルを仕掛けて、無理やり内通者に仕立てているのだ。

「わかりました。それでは、そろそろ陸に戻って待機します。で、今回もパートナーはいるんですか。終了後にまた俺を狙うような奴《やつ》だったら、出会った瞬間に先に仕留めちゃいますよ」

「いや、今回はそんなことはない。パートナーではなく、あくまで将暉のサポート役だ。黒都組やノアルと同じ存在だと考えてくれ。前回は、どっちを最終刺客にするかのテストだったと思ってくれ。そのぶん、二倍の報酬を払った」

王は、悪びれもせずに言っている。

「ということは、東南アジア系の連中ですね」

王の直系傭兵というのは、いずれも留学生か技能研修生、はたまた就業ビザを持った知的ビジネスマンたちだ。すべて東南アジア諸国から来日した人間たちだが、共通しているのは、華僑《かきょう》マフィアが来日の手助けをしているということだ。

日本は脇が甘すぎる。

元陸上自衛隊員だった将暉はそう思った。

特に私立大学は甘すぎる、留学生の出身組織については全く把握していないのが実態だ。把握しているのは、出身国だけ。

それでは留学の本当の理由がどこにあるのかわからない。

テロ組織の傭兵となった自分が言うのもなんだが、その留学生が民主主義を脅かす怪しい組織の出身者ではないか、まずは徹底的に調べあげるべきだ。少なくとも米国や英国はそうである。

留学生の中には、日本の大学や研究所で学んだ技術を、自国の軍事への転用、いやそれだけではなく、他国の情報機関に売り渡す者もいる。

技術とは限らない。

数年間の日本留学の間に、将来役立つネットワークを構築する諜報《ちょうほう》員予備軍もいる。主に文系学部に属し、育ちのいい日本人と友情を築き上げるのだ。

そこまで能力のない者は、手っ取り早くキャバやホスクラでバイトする。色恋営業で、日本に基盤を作るのだ。

王は、上海情報機関『紅蛇頭《レッドスネーク》』の人材請負人である。

最近は、オーストラリア人、フランス人で紅蛇頭のメンバーになっている者を来日させるという荒業も使っているはずだ。

まさか同じ自由主義国から紅《あか》いスパイが留学しているとは大学側も思わないからだ。

いずれこの国は、乗っ取られるであろう。

だが、それこそが正しいグローバル化なのかもしれない。

もはや自分が、心配することでもあるまい。国家を捨てた傭兵である。金のために破壊活動をし、世界中で気ままに暮らす。

「訓練された兵隊を送るよ。工作に失敗したら自害することになっている連中だから、将暉が振り向く必要はない。桜川を仕留めてくれたらそれでいいさ」

王が、ゲームでもしているような調子で言った。

「わかりました。いつゴーをかけていただいてもＯＫです」

電話を切った。操舵室に帰路につくようにサインを送る。クルーザーは大きく旋回を始めた。

リゾートホテルや高層マンションが軒を並べた熱海の光景が徐々に離れていく。

芝浦《しばうら》の倉庫に戻り、戦闘の準備だ。

2

「『晴海スターズ』を都が買い上げることを提案します。もちろんすでに購入を決めている方たちには、全額返却するという方針です」

液晶画面に映る桜川響子の会見に、安西貴美子の視線は、釘《くぎ》付けになった。公用車の中で股間を触ってきた女だ。あれ以来、都知事をテレビで見ただけで身もだえた。

つづけて、

「コロナ専門病棟が、ひいては将来の新たな感染症に備えて、東京には感染症専門病棟が必要なんですよ。オリンピック・パラリンピックも社会経済も大事ですが、ここはまず命を守るのが先決ではないでしょうか」

と言い出した。

大胆過ぎる。経済界を刺激し過ぎる発言だ。

「次期都議選では、このことの是非を争点にしたいと思います」

都知事がきっぱりと言った。民放のイブニングニュースだった。あまりにも唐突過ぎる。

スマホが鳴る。人事一課の秋元からだった。いよいよだと思った。

「私の処遇は決まったのかしら」

「二週間後に内示が出る。今日は天気がいい、いつもの場所に来てくれ。発情の具合を見てから、こっそり教えてやる」

秋元の声を聞いただけで、股間の肉皺《にくじわ》が蠢《うごめ》いた。貴美子は、すぐに庁舎を出て、日比谷公園に向かった。

内堀通りを、急ぎ足で進む。

すみれ色の空に、日比谷界隈《かいわい》のオフィスビルが美しく映えていた。心が騒いだ。

日比谷公園内に入る。日中は外回りのビジネスマンがベンチで昼寝をしていたり、子供連れの主婦と思《おぼ》しき人たちが多いが、この時間になるとグッとカップルが増えてくる。

あちこちのベンチに身体《からだ》をピタリと寄せ合っている男女があった。女のスカートの脇ファスナーから男の手が潜り込んでいるようだ。身体中の血流が淫らに踊り始めるのが分かった。

淫らなことを見るのも、見せるのも好きだ。性癖だからしょうがない。他人がやっているのを見ただけで、疼《うず》いて疼いてしょうがないのだ。

木陰にはすでに幾組かのカップルがいた。木下闇《こしたやみ》の中でスカートを捲《めく》られ、パンティが足首まで落ちてしまっている女もいた。

貴美子はそのカップルの近くの巨木に身を隠した。こっそり覗《のぞ》く。微《かす》かに女の呻《うめ》き声が聞こえてくる。

もうダメだ。

黒のスカートの上から股間を押さえた。きちんと肉裂や陰核に触れないのがもどかしい。とはいえ、ここでスカートの中に手を差し込むのは美学に反する。

——セックスしたい。

思わず胸を揉《も》んだ。ぐしゃぐしゃに揉んだ。目の前の男女はどんどん過激になっている。

「詩織《しおり》、舐《な》めてくれ」

男がいそいそとファスナーを下ろした。ベロンと濃紫色の男根が飛び出した。

もうダメだ。木に股間を擦《こす》り付けたい気分だ。自分で盛んに太腿《ふともも》を寄せて、股を刺激する。はたから見たら尿意を我慢している女に見えるだろう。

「ああっ」

さすがに声が漏れた。

男根を咥《くわ》えた女の頭の動きが早くなる。見られていることを充分意識している動きだった。

さっと尻を撫《な》で上げられたのは、その動きに合わせて、ぬちゃぬちゃと太腿を揉み合わせているときだった。

「はうっ」

それだけで、絶頂に達した。

「おまえ、国土交通省に出向になる」

いきなり耳もとでそう囁《ささや》かれる。秋元の声だ。微熱を持った尻を撫でまわされる。

「国交省？」

尻を突き出しながら、掠《かす》れた声で訊《き》いた。股間はもう熟れすぎた柿のようにべとべとになっている。

「それも外局の観光庁だ。しょうがねぇよな。部下がふたりも死んじまったんだから、とりあえず、どこかに出るしかない。まぁ二年の辛抱だ」

キャリア双六で言う「一回休み」だ。

「小中長官の下ってこと」

もうじき五十路《いそじ》だというのに、マダム雑誌のモデルのような整った顔とスタイルの持ち主だ。先日の乃坂の葬儀の際にも来ていた。喪服がとてもエロく見えたものだ。

貴美子は巨木に手を突いた。早くスカートを捲って欲しいと気がせいている。

「そうだ。俺が頼み込んだ。ふたりで観光地の警備のあり方でも研究してくれよ。たぶん似た性癖同士だ」

秋元が、貴美子の耳を舐めながら、意味ありげに言った。

「やったの？」

小中美也子が挿入されているシーンを妄想しながら聞いた。

「直接的な質問には答えられない。彼女が乱交好きだという情報は、警視庁人事一課として握っているがね」

乱交という言葉を聞いただけで、萌えた。頭がくらくらしてくる。その瞬間に、スカートを捲られた。真後ろからだ。

ノーパンだ。

「同じビルではなくなるが、近所だ。いつでもこうしてやれる」

女の洞穴に、指が二本入り込んできた。

貴美子は、自分で口を押さえ、なすがままにされた。周囲に人の気配がする。余計に快感の波が襲ってくる。額を巨木に押し付けて顔は隠す。秋元はサングラスをしているはずだ。

「ぁあぅ」

「桜川が、次に街頭演説に立つ日をすべて教えてくれ」

肉層を掻《か》きまわされながら、仕事の話をされると、快感がさらに高まった。あまり早く答えると、秋元はさっさと帰ってしまうので、間隔を開けながら答えた。

3

「はくしょん！」

知事が東京タワーを見上げて大きなくしゃみをした。下着のような素材のマスクがずり落ち、鼻孔が見えた。

そんな表情もお茶目に見えるから、得な顔だ。今日は真っ白なスーツに白と青の市松模様のスカーフで決めている。

「大丈夫ですか」

後方に立った真子は、ハンカチを差し出した。

「襲撃犯が噂《うわさ》しているのよ。放っておけば、そのうち過労か何かで死んでくれるんじゃないかってね」

桜は盛りを過ぎ、花粉だけが飛び交っている。四月も下旬に入った。

「決して、このアクリル板の囲いから出ないでくださいね」

東京一番党の街宣車の上だった。

大型バスの上にステージがついている。ボディカラーはシンボルカラーのモスグリーン。

東京タワーの真横にある駐車場だった。街宣車は、タワーと向き合う形で駐車していた。

街宣車から見て、最奥、東京タワーの足元にプレス用のひな壇が用意されていた。テレビクルーや、望遠レンズを持ったカメラマンたち、総勢三十人が並んでいる。

知事の周囲をアクリル板で囲ってあった。もちろん頭上もだ。最近は見なくなったが公衆電話ボックスのようなサイズだ。

ただし、すぐに下がって退避できるように、真後ろだけは空けてあった。そこに真子が立っている。

「承知」

桜川が厳しい表情に戻った。

これまで得た捜査情報をすべて説明し、囮《おとり》になってくれるように懇願すると、響子はあっさり引き受けてくれたのだ。

駐車場には、約百五十台の車がびっしり駐《と》まっている。この中に襲撃犯がいる可能性は大だ。その場合に備えて、入場時に、各車のナンバーはすべて映像記録に残してある。

「絶対に護《まも》ります」

真子は、声を張った。無意識のうちに腰裏の拳銃を確認していた。手榴弾《しゅりゅうだん》も三個用意してきている。

「いいのよ。ここが私も、勝負のしどころ。相手が尻尾《しっぽ》を出したら、政権は総崩れよ。わくわくしちゃう」

響子が、おどけて見せる。

チャンスをものにする者は、必ずリスクも引き受けている。響子もそうやって、政治家としての階段を上って来たという。

真子は、四方八方に視線を這《は》わせた。

守る側としてもこの場所は最適だった。

通常、街頭演説は、ターミナル駅の付近と相場が決まっている。流動人口の多い場所ほど多くの人に耳だけでも傾けてもらえるからだ。

だが著名人である桜川が立つと密を呼ぶという問題もある。そこでこの駐車場でやるという理由もついた。真子の立てた戦略である。

「みなさま、こんにちは。私、桜川でございます」

響子が第一声を放った。

一斉にクラクションが鳴る。アメリカ大統領選で、よく見た光景だ。響子は胸を張った。得意満面である。

「都民の皆様には、毎日ご不便な生活を強いて本当に申し訳ありません」

深々と頭を下げた。再び拍手の代わりにクラクションが鳴る。

来い！

真子は胸底で願った。

来るならここで来て欲しい。

「ですが、もうひとつ、私にご提案させてください。晴海スターズの今後の活用の仕方についてです」

一気に本題に入ったようだ。響子は、一オクターブほど声を張り上げた。

「今回の新型コロナウイルスの感染拡大で最もはっきりしたことは、東京の医療施設の脆弱《ぜいじゃく》さです。これは、私も含めて、歴代の都政の責任者が、その問題を後回しにしてきたからなのです。東京にオリンピックを誘致する。その関連施設をたくさん作る。そして中央市場を新設しました。晴海、豊洲地区の再開発も進み、東京はいま生まれ変わっています。ですが……」

絶妙なタイミングで言葉を切った。次が聞かせどころなのだろう。

駐車場に止まる車の多くが、左右のウインドウを開けた。クラクションではなく、拍手が轟《とどろ》いた。東京一番党が動員した支援者たちに見える。

真子は、視線を走らせた。どこかに動きの違う人物がいれば、即座にマークだ。

「一番大切なのは、医療機関の新設だったのです。それも感染症隔離病棟が圧倒的に不足してました。心あるホテルの経営者様たちのご協力で、部屋をいくつもお借りすることが出来ましたが、それでも足りませんでした。この間、医師や看護師に診てもらえない自宅待機感染者が、そのまま死亡してしまうという事例が、多数発生してしまったのです」

桜川が、ここで深く頭を下げた。しばらく頭を垂れたままだった。黙禱《もくとう》のように見える。駐車場は静まり返った。

都の責任である、というような言質《げんち》は一切与えていない。だが、深々と頭を下げることで、誠意を伝えている。抜群のパフォーマンス力だ。

プレス席からフラッシュが上がる。テレビカメラは、響子の頭頂部をズームアップしているはずだ。

真子は、インカムに向かって吠《ほ》えた。

「どこかから、銃身が伸びていないか探して！」

アクリル板は、拳銃の九ミリ弾ぐらいなら弾く力があるが、それよりも強い弾丸であれば、確実とは言えない。

駐車場内のあちこちに散らばっているＳＰたちが、各車に視線を這わせた。異常なしの声が続く。

「だからこそ、感染症専門の隔離病棟が必要なのです」

クラクションが鳴り響く。とりあえず、マスコミのカメラの手前、賛同することになっている。拍手に聞こえるだろう。

国民的なコンセンサスがとれるかと言えば、まだまだ難しいところだが、桜川は、強引な攻めに出ていた。

桜川にとって大事なのは、正しい政策ではない。

現政権との対立軸だ。

現政権が経済が優先と言えば、ＮＯ。医療優先と言う。東京オリンピック・パラリンピックをなにがなんでも進めるという政界の長老がいれば、いいや、国際的な合意形成が必要だと言って見せる。

野党は、国会で総理や閣僚の優柔不断、説明不足をつくが、国民の眼には、批判だけしているようにしか映らない。

桜川は違う。

連日、都庁から、国に対抗する案をぶち上げてくるのだ。その振る舞いは、まるで大統領で、東京都知事が、国を動かしているように見えるのだ。

「桜川先生、応援に駆け付けました」

突如、背中で声がした。そんな予定は聞いていない。真子は振り返った。

「こんにちは」

街宣車のルーフステージへと続く階段を上がってきたのは、観光庁長官、小中美也子だ。その後ろから、なんと安西貴美子の姿が見える。インカムは付けてはいないので、護衛ということではなさそうだった。

演説中の桜川が振り返った。さすがに不機嫌そうな顔だ。

「桜川先生、ご迷惑でしょうか」

小中は笑顔を振りまきながら、壇上の人となった。これでは響子も断れない。

「御子柴先生からの刺客かしら」

マイクをオフにした都知事が一歩下がって、皮肉を言った。

「刺客だなんて、とんでもない。医療と観光の両立を訴えようと思ってやって来たんですよ」

小中が厚かましく、響子の真横に並び、駐車する車に手を振った。クラクションが散発的に鳴る。予定外のゲストに、聴衆も戸惑っているのだ。

「いまは、両立させる必要はないんだけれど……」

オフマイクのまま、響子は小中を牽制《けんせい》した。おっとりしたタヌキ顔の中で眦《まなじり》だけが吊《つ》り上がった。決してテレビカメラの前などでは見せることのない、響子の怒気を孕《はら》んだ顔だ。

一歩、小中に近づいてくる。

まずい、アクリルボックスから出てしまったら、無防備だ。真子は響子の前に出ようとした。

「アケマン、出過ぎよ、下がって。SPは黒子でしょ」

貴美子のヒステリックな声が飛んでくる。

「痴漢サイトに投稿して、獲物になりたがっている上司に指図されたくないわ！退場するのはあなたよ」

真子は上司を恫喝《どうかつ》した。

「なにを言うの！」

貴美子の顔が強張《こわば》った。すべての情緒を失ってしまったような顔だ。

「あなたが、都知事のスケジュールを流しているのは、承知のことよ」

「なんですって」

「あなたが雇った週刊誌の記者がすべて白状したのよ。人事一課《ヒトイチ》の秋元とのこともしっかり撮影したわ。退場するのはあなたよ」

真子は、貴美子の耳もとでまくし立てた。あくまでも、マスコミには届かないようにだ。背後に並んだ数名の男性ＳＰたちも、顔を顰《しか》めている。

「やってくれたわね、アケマン。このままじゃすまさないわよ」

顔を真っ赤にした貴美子が、踵《きびす》を返し、階段を降りて行った。当面、顔を合わせることはないだろう、と真子は思った。

「都知事、ここで言い合うのもみっともないですよ。私も、今日は、晴海スターズを医療ホテルに、ということを提案させていただきます」

小中が言った。よく見ると小中はキツネ顔だった。

「あら、私の提案に寄り添っちゃって狡《ずる》いわね」

タヌキ顔の響子は、頬を膨らませたが、そこは役者だ。すぐに駐車している車の方を向き、先手を打った。

「たったいま、小中観光庁長官が、私の提案を受け入れてくれました。晴海スターズは、手前の三街区を最先端医療ホテル。背後の七街区を、感染症の待機病棟として、両立させるという案です。これ、いい案だと思いませんか」

横取りだ。こういう立ち回りの速さは、官僚より政治家の方が断然素早い。小中は茫然《ぼうぜん》としている。

響子が片手を上げた。クラクションが鳴り響いた。

小中は唇を噛《か》んでいたが、やはりそこは官僚だ。気を取り直して、車列に向かって手を振った。

「都知事、アクリル板の中へ」

真子は、促した。響子は首を振り、

「長官、一言」

と小中にマイクを渡す。すぐに秘書が都知事にも新たなマイクを持ってきた。

「みなさん、私、観光庁の小中美也子といいます。ゴー・トゥ・トラベルの再開に向けて、あらたな形を模索している中で、医療と旅行を結び付けた知事の考えに賛同しました」

うまい。真子は、素直にそう思った。アドリブで都知事を持ち上げるとはたいしものだ。

だが、気になったのはその視線だった。聴衆である車列を見ずに、その奥のプレス席のひな壇ばかりを見ている。

いずれ選挙に打って出るために顔を売ろうとしているのはわかる。だが、まったく車列を見ようとしないのは、不自然すぎる。

胸騒ぎがした。

真子は視線の先を凝視した。国営放送のテレビクルーを中央に、左右に民放五局とネット系テレビが並んでいる。ひとつのクルーが三人と決まり通りの人数だった。その前列に、新聞社、雑誌社のカメラマンたちが巨大な望遠レンズをこちらに向けていた。

小中は、都知事を持ち上げ続けている。真子は、新聞・雑誌系のカメラマン席を、左から右へとしっかり見やった。

ざっと三十人いる。ややこしい。

身長も体型もバラバラで、しかも巨大な望遠レンズを付けているので、顔がわかりにくい。表情が見て取れないということだ。

多くのカメラマンが望遠レンズの太くて長い筒を、片方の手のひらで支えていた。

左から十五人目。

ちょうど東京シティテレビのクルーの前あたりにいる男だ。カーキ色のベストを着て、紺色の野球帽のつばを後ろにして被《かぶ》ったその男の手が妙だった。握った拳骨の上にレンズの筒を置いているように見えるのだ。

そういう構え方があるのか？

真子は一歩下がって、双眼鏡を手に取った。

響子から離れるのは、嫌な気がしたが、きちんと見たい。他のＳＰの背に隠れながら、双眼鏡で覗く。倍率を一気に上げた。

その手をアップした瞬間、息が止まった。

望遠レンズの下にトリガーがついていて、男の指がかかっているのだ。レンズの正面を確認する。レンズらしきガラスはついている。だがその奥に、銃口のようなものが見えた。改造ライフルか。

真子はすぐに、前に飛び出し、小中の話に相槌《あいづち》を打っている響子に耳打ちした。

「小中長官の後ろに立ってください。真正面からライフルが狙っています。長官は刺客の仲間かと。絶対に前に出ないでください。さもなくばアクリル板の中へ」

言い終えると、さすがに響子の唇が震えた。

すぐに、小中の背後に移り、大きな拍手をしてみせた。一歩退き、小中を立てているように見せているところが絶妙だった。

「都知事、どうしました。どうぞ前に……」

小中は振り向いたが、その眼は引きつっていた。トリガーを絞ろうとしたカメラマンの指は止まったはずだ。

「小中さん、私の次の都知事はあなたね。どうぞ、前面に立って。東京一番党はあなたを応援するわ」

タヌキがキツネを化かしている。

その間に、真子はゆっくりと後じさり、街宣車を降りた。駐車場の隅を伝い、プレス席へと足早に進む。

「全SP、全機動隊へ告ぐ。襲撃者《ホシ》をひとり発見。ただし、サポーターが必ずいるはず、三百六十度警戒。発砲の用意を」

この場にテロリストがいる。それだけは確実になったのだ。

プレス席の真横にたどり着いた。

緑のジャケットの男の横顔が見えた。いまはトリガーに触れていない。隠すようにその部分を握りしめているのだ。

さりげなくスマホで撮影し、松坂に転送した。彼なら、それだけで顔面認証の手はずをしてくれるはずだ。

東京シティテレビのクルーの背後に回り、男の様子を窺《うかが》った。ちょうど頭上にあたる。首が異様に太く、耳が反っていた。男は格闘の心得があると直感した。

『マンデー毎朝』の腕章はきちんとつけいる。だが、ロゴがない。偽造か。

真子は、東京シティテレビのクルーの中に入り込み、男の背後に迫った。

「では、マイクを桜川都知事に戻しますね」

小中が振り向いた。

次の瞬間、緑色のジャケットの男の肩が盛り上がった。構えたようだ。

真子は飛んだ。男の肩に踵《かかと》を落とす。カメラが飛んだ。そのままタックルを仕掛けた。

「くそっ」

男が顔を歪《ゆが》めた。

そのとき銃声が鳴った。

別な方向からだった。都知事はアクリルボックスの中に飛び込んでいる。

「しまった」

真子は銃声の鳴る方向を見た。

一台のスクーターが街宣車に向かっていた。二人乗りだ。後方の男が拳銃を握っている。おそらく駐車していた大型ワゴン車の中に隠していたのだろう。

だがそのとき駐車場の車が一斉にエンジンをかけた。

「なんだ？　何が起こった」

プレス席のカメラマンや記者たちがざわめいた。

駐車している車の百五十台は、機動隊だ。一台の白いブルバードが、スクーターの前に突進していった。

急ブレーキの音がする。スクーターがウイリーし、横転した。駐車した車から飛び出した五十人ほどの私服姿の機動隊が、スクーターから落ちた男のふたりの上に飛び乗っていく。

それは、ラグビーの潰しのような光景だった。

「ちっ」

タックルした男が、肘撃ちを見舞ってきた。とんでもない力だ。胃袋が破壊されたような痛みに襲われる。

「ぐぇ」

真子は吐いた。吐きながら、男の脛《すね》に回し蹴りを放つ。ローヒールの爪先には鉄板が入っていた。確実に骨の折れる音がした。

「うわっ」

男が顔を歪め、片膝を突いた。だがにやにやしていた。薬物を食っているようだ。

真子は腹の痛みをこらえ、その顔に回し蹴りを食らわした。鼻梁《びりょう》が折れる音がした。

「へへへへ、全然きかねぇよ」

男が首を振りながら、地を蹴った。頭突きの態勢で、飛び上がってくる。

真子は、両手の人差し指を突き出した。

「うわっ、何だこりゃ、見えねぇ。何も見えねぇ」

「そらそうね」

真子の人差し指が男の眼球の中にめり込んでいた。ゆっくり抜いてやる。これしか手がなかった。

男はその場に、前のめりに倒れ、懸命に地面を撫でていた。

スマホに、松坂からメールが届いた。

『そいつは、通称、花沢将暉。本名、森野寛治《もりのかんじ》。三十五歳。元陸上自衛隊の二曹だった。戦車担当。六年前、父親が特殊詐欺に引っかかり大きな借金を背負ったことから、中東のテロ組織に志願した。仲介したのは王だ。特殊詐欺を働いたのはノアル。王が黒都組に話をつけて、金の半分は戻ったそうだ』

この男なりに、もがき苦しんだ人生があったようだ。

桜川襲撃は、とりあえず止めた。

真子はゆっくりと、街宣車の方へと戻った。

さてと、ここから仕上げに入らねばならない。

観光庁長官の登場で、黒幕がはっきりしたのだ。

4

——巨悪の巣窟。

真子は、人気の消えたビルを見上げながら、そう呟《つぶや》いた。

黒のタートルネックセーターとジーンズ。やはり黒のリュックを背負っていた。

これで覆面でもして、夜空を飛べば、まさしく伊賀《いが》か甲賀《こうが》の忍者、くノ一だ。

巻物の代わりに発煙筒でも咥えようか？

永田町は闇に覆われていたが、まだ午後八時だった。

永田町、民自党ビルの裏庭にいた。忍び足で、裏口へ向かう。早朝から賑《にぎ》わう政界だが、平常時の党本部の夜は、案外、早い。

真夜中まで煌々《こうこう》と灯がともるのは、政局になったときぐらいだ。

党の重鎮である議員たちも夜は、党務よりも、会合に忙しい。

永田町では、一夜《ひとよ》にどれだけ多くの会合に顔を出すかが、最も大きな日課である。

それは国会の出席よりも重い。

情報収集のためだけではない。さまざまな村《ムラ》の一員であることを、証明するためなのだ。

つまり、会合出席は、己の信用を担保するため、という側面が大きいのだ。

毎日、誰かが誰かを裏切っているのが政界だ。

その日、会合で顔を合わせた議員だけが『今日も一日裏切らなかった仲間』となる。だから、若手議員ほど、いくつもハシゴせねばならないのだ。

逆に派閥の領袖たちは、今夜は誰が誰と会っているかに神経を尖《とが》らせる。それが政界なのだ。

ヤクザと同じじゃん。真子は、そう思った。

その民自党の闇ボス、御子柴俊彦が、今夜は幹事長室にいる。夕方五時に、一度公用車を仕立て、二子《ふたこ》玉川の私邸に戻っているが、三十分後に、秘書の運転する小型セダン車のトランクに隠れて、民自党本部に戻っていた。

灯台下暗《とうだいもとくら》し。

民自党本部ビルは、ある種の伏魔殿《ふくまでん》。誰にも知られたくない相手と密談するのは、ここが最適だからだ。

SPを甘く見てはいけない。単なる黒子ではないのだ。

警護対象者の癖、日々の行動パターン、密談相手、すべてを知る存在である。それは警護対象者だけではない。日頃から、そのスタッフの動きをも注意深く見ている。秘書が、必ずしも自分のボスに忠実であるとは限らないからだ。

御子柴担当のSP矢追隆《やおいたかし》は、秘書がちょくちょくこの手で、幹事長を党本部へと戻していることを嗅ぎつけていた。

転落死させられたSP乃坂守の弔いをしたいというと、あっさりこのことを教えてくれた。

やるタイミングがわかるかと聞くと、すぐわかるという。

「不自然にSPがはずされるから」

と矢追が笑っていたのを思い出す。

それが今夜だった。

同時に真子は党本部が独自に雇っている警備員を数名抱き込んでいた。いずれも、競馬やパチンコに嵌《はま》っている連中だ。ちょっと融通してやるだけで落ちた。

正面玄関から堂々と訪問しない連中がいることを彼らは知っていた。

なぜかと言うと、そういう連中は、警備員の制服を着て、専門の通用口から入ってくるからだ。これには、党本部に張り付いている、政治部記者たちも騙《だま》されているという。

今夜の訪問者は、ベストメンバーだ。御子柴の闇軍団たちだった。面白い女性もひとり混じっている。

天誅《てんちゅう》を食らわせねばなるまい。

真子は、裏庭から、非常用扉へと接近する。暗がりに数人の同僚たちがいた。

狼煙《のろし》が上がったら、飛び出し、騒ぎ立ててくれることになっている。

非常用扉のノブを回す。

すぐに開いた。

締める担当の警備員が忘れてくれたのだから、簡単なことだ。

真子は、SPとして、なんども民自党本部内に入っているので、ビルの内部には詳しかった。

九階建てだ。

エレベーターは使わずに、節電中の階段で昇る。二階の広報部と総務部はまだ多くの職員が残っていた。

他の階はもうほとんどいない。率先してリモートワークを実施しているためだ。

真子は九階まで上がった。

顔なじみの警備員が、エレベーターホールの前に立っていた。

「今夜は、頼みますね」

「警備をするのが仕事だから、ちゃんと働くさ」

帽子を取って挨拶してきたのは、元池袋東署の生活安全課の刑事石平真琴《いしひらまこと》だ。二年前に、好きな風俗嬢のために、手入れ情報を流し、極秘裏に左遷される寸前に依願退職願いを出した。

不始末を隠してやめてくれる人間に警視庁は優しい。ＯＢが顧問を務める警備会社を通じて、この仕事を斡旋《あっせん》されている。

まだ三十歳。こんな年寄りばかりの職場は似合わない武道の達人だ。

「有名になるのを待っているわ。そしたらバラエティで警備員時代の逸話として今夜のことを話すことね」

真子は石平のために、アクション俳優専門プロの社長に育成を頼んだ。しばらくはスタントマンとして様子を見るとのことだが、いずれ、準主役級の役を回すとのことだった。石平は乗っている。

「幹事長室に、悪役が揃《そろ》っている。総裁室の鍵は開けてあるし」

石平が九階の通路の奥を指さした。薄暗い通路の先に、一部屋だけ灯《あか》りの漏れている扉があった。

「サンキュー」

真子は進んだ。

幹事長室の手前にある総裁室に入ってみる。

この部屋に常駐した総裁は、数少ない。近年ではふたりだけだ。つまり野党だった時代の総裁だけということになる。そのふたり以外は、いずれも内閣総理大臣の指名を受けているため、官邸の総理大臣室で働いている。

がらんとした総裁室の壁にコンクリートマイクを付けた。隣室の幹事長室の会話がすぐに流れてきた。

「王《ワン》ちゃんをもってしても、潰しきれなかったとはな」

御子柴の独特なだみ声が聞こえてきた。

「申し訳ありません。桜川響子側に、完全にヤマを張られていたとは、まったくもってお恥ずかしい」

艶のある声だった。王東建のようだ。

「死ぬほどびっくりしたのは私よ。桜川のババア、私を弾除けにしたのよ。ひとつ間違えたら、私が被弾していたんですよ。勘弁してほしいです」

これは観光庁長官、小中美也子の声だ。

「だから、都知事選に立たせようとしている。少しはスカートをめくってみせてくれや」

御子柴の声だ。

「さんざん、舐めたくせに。でも、もう3Pだけは懲り懲りよ。はい、ご期待に応えて、ノーパンできました」

小中が、媚《こ》びた声をあげる。

「なんだ、美也子ちゃん、毛も剃《そ》っちまっているのかよ。儂《わし》は、ちょっとは毛がある方が好きなんだがね、ほら、王ちゃんも、植木も、美也子ちゃんのアソコ覗いてやれ」

再び御子柴の声がした。

やはり植木もいた。桜川響子の秘書だ。御子柴にとられていた。詠美を攫《さら》わせるために動きを逆リサーチして、王に伝えていたのはこの男だろう。

「植木君にならば開いて見せてあげる。私が知事になっても、続けてね」

くちゅっと卑猥《ひわい》な音がした。

「もちろんです」

真子は、リュックから発煙筒を三本抜いた。小中の股間に挿し込んでやりたいものだが、まだそのタイミングではない。

「次は、確実に桜川をやりますよ。都議会開会中の議事堂に、夜の街の連中に襲撃をかけさせます。すべての飲食店、観光業からの叫びとしてね。まぁ、実際にやるのは、チャイナホストですけどね。奴らは訓練された扇動者《せんどうしゃ》ですから」

王が言った。

ワシントンの議事堂乱入事件の悪夢を思い出す。

「そうせざるを得んな。あの女がこれ以上、大衆の支持を受けると。俺達だけではなく、民自党が過半数を失う可能性がでてくる」

そう言った後に御子柴が咳《せ》き込んだ。

「いいじゃない。そうすれば、襲撃した方の心情も伝わってくる。王さん、単に反発しているというだけではなく、何か大義を立ててください。桜川が失脚するようなな」

小中美也子がまくし立てた。

「まずは、小中先生を、もッとマスコミに登場させて、観光推進派の印象操作をしましょう。僕が、テレビ局を繋《つな》げます。ただし、現金《タマ》が必要です。政界工作以上の金がマスコミ、芸能界工作にはかかるんです」

イメージ戦略は植木が立てるようだ。桜川の戦略をすべて知っているのだから、カウンターパンチは出しやすい。

「十億持ってきた。選挙資金なり、マスコミ対策費なりに使うといい」

バッグの開く音がした。

「凄《すご》い。どうやってこんな大金持ち込んだんですか？」

植木が甲高い声をあげた。

「警備員は警備車で入れるだろう。新しい防犯用具の搬入ということで、バッグや段ボールに詰め込んできた」

　王の声だ。バッグが床を擦《す》るような音がする。差し出しているということだ。

「植木、そこの金庫を開けてくれ」

　御子柴の声に続いて、鍵の束が飛ぶ音がした。

　――いまだ。

　真子は、発煙筒に火をつけた。紫の煙が上がる。場所は総裁室だ。

　リュックから三本、五本と取り出し、次々に焚《た》いた。

「御子柴先生、もう急がねばなりません。日本が、入国制限を続けていると、北京《ペキン》は韓国、ミャンマー、インドネシアに、観光客を振り分けてしまいます。中国人観光客たちが、日本以外に新たに気に入った国を作ってしまうと、知りませんよ。わたしもそれらの国の政権をサポートすることになる」

　王が嫌味たらしく言っている。

　大量観光客による侵略。それが北京の方針だ。現地の民間企業をインバウンドで儲《もう》けさせ、まだまだ行くぞと大型クルーズ船を仕立て、上陸を繰り返す。目先のことしか考えない地元観光産業は、設備投資を過熱させる。

　気が付けば、インバウンドなしで成り立たない地域がいくつもできることになる。劇薬を飲まされ続けるのと同じだ。

そしてある時、一斉に退く。自由主義国家の経済は一瞬にして破綻することになる。

御子柴も小中もその片棒を担がされているのだ。

そしてそれにまつわる一部の人間だけが、富を得る仕組みをつくろうとしているわけだ。

これは公正な競争ではない。

真子は、リュックからペットボトルを取り出した。三本だ。いずれも灯油が入っている。総裁室の壁にかけた。量は弁《わきま》えている。小火《ぼや》を起こす程度だ。

壁と床に適度に振りまいた。

ゆっくりと後じさり、総裁室の扉のノブに手をかけ、もう一本発煙筒を投げた。床の灯油に引火する。すぐに壁にも広がっていく。

扉を開け、通路に飛び出した。

発煙筒の煙がもくもくと這い出し、バチバチと壁の燃える音がした。

真子は、とどめを刺すように、九階通路のガラス窓を割った。勢いよく煙が舞い上がる。

裏庭で、ざわつく音がした。

機動隊が一斉に警護に駆け付ける。大義名分はある。政権与党の本部をテロから守るための治安維持活動だ。

　第一声は俳優志望の石平が上げた。

「火事だぁ。総員、総裁室と幹事長室に、急行せよ」

　インカムに向かって叫んでいる。真子は通路の火災報知器を押した。築五十年の老朽ビルらしく、懐かしくもけたたましいベルの音が鳴り響いた。

　このタイミングを待ち構えていた。警備員たちが消火器を持参し、九階に押し寄せた。

　すでに発煙筒は使い切っていた。真子はリュックを捨てる。ベルトに挿し込んでいた唯一の武器、マイナスドライバーだけを握って、幹事長室へ入る。

「おいっ、勝手に入って来るんじゃない」

　御子柴の焦った声がした。開けた金庫には、世に出てはならない現金や機密書類が山積みされてるはずだ。

「幹事長、とにかく脱出を。火の手は総裁室まで回っています。小中長官、そうです、スカートをたくし上げた方が走りやすいです。エレベーターは使わずに、階段で脱出しましょう。おいっ、はやく幹事長と長官を救出しろ」

　その声は、松坂慎吾だ。警備員の制服がやけに似合うマルボウだ。

「ばかっ、この現金や書類をこのままにしておけるか」

御子柴が激怒している。

「大丈夫です。私たちが確実に収集します。さっ、早く」

殺気立っていた。

初老の男が、猛然と走ってくる。警備員の恰好《かっこう》をしていた。

真子は階段の踊り場で振り返った。

「警備が逃げてどうするのよ」

「ちっ、アケマン。お前が仕掛けやがったな」

こいつが王東建か。

いきなり飛び掛かってきた。ムササビのようだと思った。その顔に向かってマイナスドライバーを突き出した。

「殉職させてあげる」

「うわぁあああああああ」

王が断末魔の声をあげる。

右の鼻孔から入ったドライバーの尖端《せんたん》が、後頭部から突き出ていた。

飛び込んできたのは、王の方だ。

ジ・エンド。

機動隊に回収を頼み、真子は通りに出た。

警視庁は、政権与党の民自党の機密を世間にだそうとは考えないはずだ。

御子柴の機密を握った以上、主導権は警視庁のものとなる。このまま幹事長に据えておいた方がいいだろう。

真子は、どのタイミングで、桜川を押させようかと、思案した。

夏か？

秋か？

それとも来年になるか？

女性初の総理の専属ＳＰになるのも悪くない。

国を動かすのは、私かも……。

永田町に吹く風が、妙に生ぬるかった。

本書は書下ろしです。

本作品はフィクションであり、実在の個人・団体とはいっさい関係ありません。（編集部）

実業之日本社文庫　最新刊

相場英雄
ファンクション7

新宿の雑踏で無差別テロ勃発。その裏には北朝鮮のテロリストの影が……。北朝鮮、韓国、日本を舞台に、人々の生きざまが錯綜する、社会派サスペンス！

あ93

梓林太郎
天城越え殺人事件　私立探偵・小仏太郎

伊豆・修善寺にある旅館で働く謎の美女は何者？　身元調べを依頼された小仏だが、女の祖父が五年前に殺されていたことを知り――傑作トラベルミステリー。

あ315

いぬじゅん
今、きみの瞳に映るのは。

奈良ケーブルテレビの新入社員・樋口壱羽は、社運を賭けたある番組のADに抜擢されるが……!?　世界を震撼させるラスト、超どんでん返しに、乞うご期待！

い181

沖田円
雲雀坂の魔法使い

ある町の片隅、少女のような魔法使いが営む『雲雀坂魔法店』。切実な苦悩や過去を抱えながらそこを訪れる人々との、切なくも心温まる物語は感涙必至!!

お111

倉阪鬼一郎
お助け椀　人情料理わん屋

江戸を嵐が襲う。そこへ御救い組を名乗り、義援金を募る僧達が現れる。その言動に妙なものを感じ、正体を探ってみると――。お助け料理が繋ぐ、人情物語。

く49

今野敏
排除　潜入捜査〈新装版〉

日本の商社が出資した、マレーシアの採掘所の周辺住民が白血病に倒れた。元刑事が拳ひとつで環境犯罪に立ち向かう、熱きシリーズ第2弾！（解説・関口苑生）

こ215

実業之日本社文庫　最新刊

佐藤青南
白バイガール　フルスロットル
女性白バイ隊員の精鋭が、連続して謎の単独事故を起こした。一方、横浜市内でも銃撃事件が――疾走感満点の人気青春ミステリーシリーズ、涙の完結編！
さ46

沢里裕二
アケマン　警視庁LSP　明田真子
東京・晴海のマンション群で、演説中の女性都知事・桜川響子が襲撃された。LSP明田真子は身体を張って知事を護るが……。新時代セクシー&アクション！
さ313

谷山走太
負けるための甲子園
甲子園の決勝戦。ピッチャーの筧啓人は失投からホームランを打たれ負ける。だが、そうすることで彼は一千万円を手にしていた！　その裏には驚愕の事実が⁉
た111

西村京太郎
十津川警部捜査行　愛と幻影の谷川特急
編集部に人気作家から新作の原稿が届いたが、作家はその小説は書いていないという。数日後、彼は死体で発見され…関東地方を舞台にした傑作ミステリー集！
に124

吉田雄亮
北町奉行所前腰掛け茶屋
北町奉行所の前で腰掛茶屋を開く老主人・弥兵衛は元与力。不埒な悪事を一件落着するため今日も探索へ繰り出し…名物料理と人情裁きが心に沁みる新捕物帳。
よ57

実業之日本社文庫　好評既刊

沢里裕二
処女刑事　歌舞伎町淫脈
純情美人刑事が歌舞伎町の巨悪に挑む。カラダを張った囮捜査で大ピンチ!! 団鬼六賞作家が描くハードボイルド・エロスの決定版。
さ3 1

沢里裕二
処女刑事　六本木vs歌舞伎町
現場で快感!? 危険な媚薬を捜査すると、半グレ集団、芸能事務所、大手企業へと事件がつながり、大抗争に！　大人気警察官能小説第2弾！
さ3 2

沢里裕二
処女刑事　大阪バイブレーション
急増する外国人売春婦と、謎のペンライト。純情ミニパトガールが事件に巻き込まれる。性活安全課は真実を探り、巨悪に挑む。警察官能小説の大本命！
さ3 3

沢里裕二
処女刑事　横浜セクシーゾーン
カジノ法案成立により、利権の奪い合いが激しい横浜。性活安全課の真木洋子らは集団売春が行われるという花火大会へ。シリーズ最高のスリルと興奮！
さ3 4

沢里裕二
処女刑事　札幌ピンクアウト
カメラマン指原茉莉が攫われた。芸能プロ、婚活会社、半グレ集団、ラーメン屋の白人店員……事件はつながっていく。ダントツ人気の警察官能小説、札幌上陸！
さ3 6

実業之日本社文庫　好評既刊

沢里裕二
処女刑事　東京大開脚
新宿歌舞伎町でふたりの刑事が殉職した。その裏には、東京オリンピック目前の女子体操界を巻き込むスキャンダルが渦巻いていた。性安課総動員で事件を追う!
さ3 8

沢里裕二
処女刑事　性活安全課VS世界犯罪連合
札幌と東京に集まる犯罪者たち――。開会式を爆破!? 松重は爆発寸前!! 処女たちの飽くなき闘い。豪華キャストが夢の競演!　真木洋子課長も再び危ない!?
さ3 10

沢里裕二
極道《クロ》刑事　新宿アンダーワールド
新宿歌舞伎町のホストクラブから女がさらわれた。拉致したのは横浜舞闘会の総長・黒井健人と若頭。しかし、ふたりの本当の目的は…。渾身の超絶警察小説。
さ3 5

沢里裕二
極道刑事　東京ノワール
渋谷百軒店で関西極道の事務所が爆破された。カチコミをかけたのは関東舞闘会。奴らはただの極道ではなかった…。「処女刑事」著者の新シリーズ第二弾!
さ3 7

沢里裕二
極道刑事　ミッドナイトシャッフル
新宿歌舞伎町のソープランドが、カチコミをかけられた。襲撃したのは上野の組の者。裏には地面師たちのたくらみがあった!?　大人気シリーズ第3弾!
さ3 9

実業之日本社文庫　好評既刊

沢里裕二
極道刑事　キングメーカーの野望
政界と大手広告代理店が絡んだ汚職を暴くため、神野が闇処理に動くが……。風俗専門美人刑事は、体当たりの潜入捜査で真実を追う。人気シリーズ第4弾！
さ3 12

沢里裕二
湘南桃色ハニー
ビールメーカーの飯島は、恋人を寝取られたことをきっかけに己の欲望に素直になり……。ビーチで絡み合う水着と身体が眩しい、真夏のエンタメ官能コメディ！
さ3 11

草凪優
黒闇
最底辺でもがき、苦しみ、前へ進み、堕ちていく不器用な男と女。官能小説界のトップランナーが、人間の性と生を描く、暗黒の恋愛小説。草凪優の最高傑作！
く6 6

草凪優
知らない女が僕の部屋で死んでいた
眼が覚めると、知らない女が自宅のベッドで、死んでいた。女は誰なのか？　記憶を失った男は、女の正体を探る。怒濤の恋愛サスペンス！（解説・東えりか）
く6 7

草凪優
アンダーグラウンド・ガールズ
東京・吉原の高級ソープランドが廃業した。人気の嬢たちはデリヘルを始め、軌道に乗るも、悪党共の手により…。女たちは復讐を誓う。超官能サスペンス！
く6 8

実業之日本社文庫　さ3 13

アケマン　警視庁《けいしちょう》ＬＳＰ《えるえすぴー》　明田真子《あけたまこ》

2021年4月15日　初版第1刷発行

著　者　沢里裕二《さわさとゆうじ》

発行者　岩野裕一
発行所　株式会社実業之日本社
〒107-0062　東京都港区南青山5-4-30
CoSTUME NATIONAL Aoyama Complex 2F
電話［編集］03(6809)0473［販売］03(6809)0495
ホームページ　https://www.j-n.co.jp/
ＤＴＰ　ラッシュ
印刷所　大日本印刷株式会社
製本所　大日本印刷株式会社

フォーマットデザイン　鈴木正道（Suzuki Design）

ISBN978-4-408-55658-1（第二文芸）